隣の席のヤンキー清水さんが髪を黒く染めてきた
2
底花
イラスト ハム
清水《しみず》圭《けい》
「ハーフアップも良かったけど
ポニーテールも似合ってるね」
「そ、そうか……」

「ラストシーンで主人公が告白したところどうだった？
圭もあんな風に告白されたい？
「は？　い、いきなり
何言ってんだ！」

「圭さん怖い顔してますよ？」
「……してねえ」
「もう圭もやきもち焼いちゃって可愛いなぁ」
「う、うるせぇ」

瀬《せ》戸《と》澪《みお》
「私は本堂君のこと異性として気になってはいない。……だから安心して」
「な、何がだよ！　お前が本堂のことを好きだろうが好きじゃなかろうが別に私にはどうだっていい！」

隣の席のヤンキー清水さんが髪を黒く染めてきた２

底花

角川スニーカー文庫

23837

目次

プロローグ

清水さんと夜の一幕

「アイツ……」

私は自室のベッドの上で誰に言うでもなくそう呟《つぶや》いた。

思い返していたのは今日の昼休みの出来事。知らない先輩からの告白を断った時のことだった。窮地に追い込まれていた私のもとに現れた本堂《ほんどう》は、先輩を恐れることなく私を助けてくれた。

「私のこと大切だって、それに目を離せないって……」

それだけでなく本堂は私が簡単に忘れられないようなことをいくつも口にした。

『多分清水《しみず》さんが思っているより僕、清水さんのこと大切だと思ってるから』

『はい、優しいのに不器用だから目を離せない存在です。多分、一緒にいる限り僕はずっと清水さんを思わず見てしまうと思います』

枕を顔に押し当てベッドの上を転がり、このうまく言葉にできない衝動をなんとかしようと試みる。数十秒後、何にも効果がないということが分かり荒ぶることをやめた。

先ほどよりほんの少しだけ冷静になった私はベッドから降り、机の上に置かれたクマのぬいぐるみを手に取った。私の部屋にある唯一のぬいぐるみ。以前、ショッピングモールで本堂と遊んだ時に譲ってもらったクレーンゲームの景品だ。

「アイツは私のことどうやったら、す、好きになってくれると思う？」

返事がこないことが分かっている問いをぬいぐるみに投げかける。本堂はどうすれば私を好きになってくれるのか。これは一番答えが知りたい問いだ。

「お前に話しても仕方ねえか」

確かに高校一年の時よりは今の方が本堂と精神的な距離は近づけている気はする。ただこのままのペースだと本堂と恋人になる前に高校を卒業してしまうだろう。だから今よりもこちらからの動きを増やさなくてはいけない。ただ本堂と松岡《まつおか》の恋バナを聞かなくては動くに動けないし……。そんなことを考えていると声が聞こえた。

「大丈夫だクマ！　圭《けい》ちゃんなら告白すれば一発で大輝《だいき》君をメロメロにできるクマ！」

私は静かにぬいぐるみを置き、先ほど声がしたドアの前へとまっすぐ向かった。

ドアを開けるとそこには予想通り愛《あい》が立っていた。

「いつから聞いてた」

「もうちょっとクマさんとお話ししないクマ？」

「私があと十歳くらい幼ければしてたかもな。ちゃんと答えろ。いつから聞いてた」

「アイツ……ってベッドで呟いてたシーンからかな」

「ほぼ最初からじゃねえか！」

右手を愛の頭部に向けて徐々に近づける。

「お嬢さん、その手で一体わたくしをどうなさるおつもりです？」

「その空っぽの脳みそをくりぬけば記憶消せんだろ」

「本気の本気でストップ！　圭の、お母さん直伝アイアンクロー本当に痛いんだって！　頭に穴空いちゃうって！」

珍しく愛が恐れている。小学生の時にしか放った記憶はないが愛にとってはトラウマになっていたらしい。

「それなら次の言葉は分かるよな？」

「主様、盗み聞きをして大変申し訳ございませんでした！」

勢いよく愛が頭を下げる。そこまで潔いとこちらとしてもこれ以上手が出せない。

「次はないからな」

「押忍《おす》！」

「じゃあ閉めるぞ」

宣言通りドアを閉めようとするがそれは愛の手によって阻まれた。

「なんだよ。もうさっきの件は終わっただろ」

「全然終わってないよ！　むしろ許しを得た今からが本番だよ！　教えてもらいますぜ、今日の昼休みに何があったのかを！」

「はぁ……」

思わずため息をつく。だいたいこの流れは長くなるパターンだからだ。


「なるほど、なるほど。あの昼休みにそんなことが……」

「聞いたから満足だろ。ほらさっさと帰れ」

あれから私は、愛に自室で昼休みにあった一件について説明することになった。愛は私が話すたびにいちいちリアクションするため話がなかなか終わらず、結局十分以上は話していた気がする。

「そんなこと言わないで圭。それにしてもピンチに颯爽《さっそう》と駆けつける大輝君、圭から見ても相当カッコよかったんじゃないですか？」

「ま、まあ体育館裏に来るときに息をあんな切らしてなかったらカッコよかったかもな」

「照れ隠ししちゃって。まあそんなところも可愛《かわい》いポイントですが」

それだけ言うと愛は腕を組み何か考え始めた。

「どうしたんだよ。思っていることあるなら早く言え」

「いやさ、考えてみたけどやっぱ脈ありなんじゃないかと思って」

「お、お前、いきなり何言ってんだ！」

「声大きいって。今、夜だよ。ちょっと落ち着きなよ」

反射的に手で口を塞ぐ。それにしても愛に落ち着けと言われるとは、少し複雑な気分だ。

「悪い……」

「まあお父さんやお母さんには聞こえてないと思うけどね」

「……それでなんでお前は脈ありだって思ったんだよ」

「だって私が教室で事情話した時、大輝君すごく圭のこと心配してたよ。圭のことなんとも思ってなかったらあんなに心配しないと思うよ」

「本堂が私を心配して……」

頬《ほお》に手を当てる。いつもより少し熱がある気がする。

「ふっふっふ……」

ハッとして声のした方に再び視線を向けると愛がニヤニヤしながらこちらを見ていた。

「な、なんだよ。変な笑い方しやがって。言いたいことあるなら言えよ」

「我が妹ながら愛されてるなって」

言い返そうとしてその前に少しだけ考えてみる。するとみるみるうちに自分の中の熱が冷めていった。

「……そんなんじゃねえよ」

「あれ、急にどうしたのさ。寂しそうな顔して」

　私は今そんなに寂しそうな表情をしているのだろうか。自分で確認するすべがないから分からない。

「アイツは別に私を愛してはいないだろ。仮に百歩譲って好きだったとしてもそれはラブじゃなくてライクだ」

　気持ちが全て分かるわけではないが、異性として本堂に好かれているなんてどうしても思えない。あの時、本堂は私のことを大切だと言ってくれた。その言葉に嘘《うそ》はないだろう。ただその感情は恋とかではなく、親愛という言葉が一番近いのではないかと考えてしまう。

　そんなことを考えていると不思議そうな表情の愛が視線を私に向けていた。

「別にライクでも良くない？」

「え？」

「だって大輝君が圭のこと好意的に見てることには変わりはないでしょ？　それって圭に関心がないより全然いいじゃん」

　私が呆然《ぼうぜん》としていると更に愛は続けて口を開いた。

「私だって昔から陽介《ようすけ》のこと異性として好きだったわけじゃないからね。相手への気持ちがライクからラブに変わっていくことなんてよくあることですよ」

「そうか？」

そういうものだろうか。でも確かに愛の陽介へ向ける感情の変化は私も目にしてきた。

「そうなのです。だから今はライクでいいから、それがラブになるようにこれから頑張っていけばいいいんじゃないかな？」

「なるほど……」

少し悲観的になりすぎていたかもしれない。今の本堂との関係も一年生の時と比べればわずかではあるが確実に前に進めている。これからも努力していけば高校生の間に恋人は無理かもしれないがそれなりに親しい関係に……。

「あの、圭さん？」

「な、なんだよ」

「今、この調子でいけば恋人は無理だけど、それなりに親しい関係に卒業するまでになれるかもしれないと思いませんでした？」

ドキリとする。この姉は恋愛関係の話題の時だけ人の心が読めるのだろうか。

「わ、悪いかよ」

「悪いとは言わないけど危なくはあると思うよ」

「どういう意味だよ」

「今はどうかまでは分からないけど大学生になったら大輝君結構モテる気がするんだよね。優しいいし、よく見ると結構可愛いフェイスしてますし」

「うっ」

あまり考えないようにしてきたが、本堂の優しさに気づき惹《ひ》かれる奴《やつ》がこれから現れる可能性は十分あり得る。

「そんな悠長な考えしてると、大学生になった大輝君どこからともなく現れた素敵ガールと付き合っちゃうかもしれませんよ？」

「ぐぬぬ……」

「そんなに睨《にら》んでも私のハートがキュンキュンするだけですぜ」

意識していなかったが眉間にしわが寄っていたらしい。

「だったらどうすりゃいいんだよ」

「ふっふっふ、困ってるようだね、圭」

「また変な笑い方して、今度はなんだよ？」

「そんな圭さんと大輝君との距離を一気に近づけられる方法、私考えました！」

そう言って愛はグイッと体を私の方に寄せてきた。

「近すぎだ。ちょっと離れろ」

愛の両肩を摑《つか》んでやや強引に引き離す。

「ちぇ、圭のいけず〜」

「誰がいけずだ。いいからその方法とやらを早く教えろ」

「じゃあ教えよ……と言いたいところなんだけど今はまだ言えないんだよね」

「なんでだよ。もったいぶってないで言えよ」

自分でいい方法があると言っておいて、それを教えられないとはどういうことなのか。

「だって先に知っちゃったら面白さ半減しちゃうと思う」

「別に面白くなくてもいいから先に教えろ」

今は期待よりも不安の方がはるかに勝っているため、早くその方法を聞いてしまいたい。

「え〜、今教えたらもったいないよ。大丈夫、陽介にも協力してもらって万全の態勢で挑むので！」

「陽介にも協力させるってホントに何する気だよ」

「それはトップシークレット！　まあ今の段階では、成功すれば圭も私もみんな幸せとは言っておくよ！」

「本当に大丈夫なんだろうな……」

結局、愛は最後まで口を割ることなく自室へと戻っていったのだった。

※　※　※

「へぇ、昼休みに教室を出ていってからそんなことがあったのか」

体育館裏での騒動があった日の夜、僕は電話で俊也《しゅんや》にそこであった出来事について説明していた。僕としても心配させた俊也には話しておきたかったので、彼からの電話はありがたかった。

「うん、心配させてごめんね」

「そんな気にするなよ。確かに大輝が教室を出ていった時はどうしようかと思ったけど」

「あの時は焦ってて……」

清水さんが危ないかもしれないと言われ、周りを気にする余裕は正直あの時はなかった。

「だろうな。まあでも大輝も清水さんも昼休みの間にケガなく戻ってきたから安心したよ」

「そうだね。ただ清水さん大丈夫かな……」

「もしかしてその先輩に心ないことを言われたことか？」

「うん……」

最終的には謝ったとはいえ、先輩は清水さんに対してひどい発言をしていた。それを言われた本人が気にしてなければいいのだけれど。

「これは憶測になるけど大丈夫だと思うぞ」

「どうして？」

「だってその先輩の心ない発言に対して、大輝はそんなことないって言ってあげたんだろ？　知らない奴の暴言よりもいつも側にいる大輝の気持ちのこもった言葉の方が、清水さんの心に響いたと思うんだよな」

「そう……かな」

「そうだと俺は思うね。だから大輝は明日からもいつも通りの感じで清水さんに接すればいいんじゃないか？　傍《はた》から見ると清水さん、大輝と話してる時はなんかいつもより少し楽しそうだし。清水さんもその方が嬉《うれ》しいと思うぞ」

「分かった。そうしてみる。ありがとう俊也」

「いえいえ、友達なんだから当然だろ」

いつもはふざけていることが多い俊也だが、こちらが真剣に話せば俊也の方も合わせて真剣に話してくれる。そんな俊也と友達でいられて心から良かったと思う。

話が一段落して、そういえばまだ聞きたいことがあることを思い出した。

「俊也、もう少し話したいことあるんだけどいいかな」

「なんだ？　いいからとりあえず話してみろよ」

「体育館裏で清水さんにありがとうって言われた時に、清水さんが可愛く見えたんだよね」

「ふむふむ。それで？」

「その可愛さが今まで経験したことがないっていうか……。えっと、元から清水さんのこと可愛いと思ってなかったわけではなくて……。うまく表現できないんだけど、これまで清水さんに思ってた可愛いとは何か違うと思ったんだよね」

言語化できないことがもどかしい。ここまで自分の気持ちを伝えられないのは初めてだ。

「うん、なるほど、なるほど」

「俊也はどういうことだか分かる？」

「うーん……」

俊也の唸《うな》り声だけがスマートフォンから聞こえてくる。

「やっぱり分からないよね」

「いや、俺が今考えているのはそこじゃなくて……」

「どういうこと？」

それなら俊也は何について考えているのだろう。

「なんて言ったらいいかな……。大輝の清水さんへの想《おも》いがどんなものなのかはだいたい見当はついてる」

「ホントに？　それじゃ教え……」

「ただそれを俺がそのまま教えるのはなんか違う気がするんだよな」

「え、なんで？」

「あっ、別に意地悪しようとしてるわけじゃないぞ？」

「だったらどうして？」

「そりゃそう思うよな。だからそれをどう説明するかをさっきから考えてたんだけど……。

結構難しいな。ちょっと説明が分かりにくくなるかもしれないけどいいか？」

「うん、いいよ」

「サンキュー、じゃあ早速結論から言うと、大輝が清水さんを昼休みに可愛いと思ったのは、大輝の中に清水さんへの新しい想いが芽吹いたからだと思う」

「想い？」

「そう、それでその清水さんへの想いには大輝自身が名前をつけてほしいんだ」

「さっきも聞いたけど、どうしてそれを直接教えてくれないの？」

「その想いと向き合う過程にも俺は意味があると思うからだ」

そう言った俊也の声から迷いは感じられなかった。

「もっと自分で考えた方がいいってこと？」

「簡単に言うとそうなるな」

「時間をかけたら分かるものなの？」

「うーん、どうだろう？」

「俊也!?」

思わず声のボリュームが上がる。そこは分かると断言してもらいたかったのだけど。

「悪い、悪い。だって出した答えに納得するかしないかは最終的に大輝次第だからさ」

「それはそうかもしれないけどさ」

「まあ大丈夫だ。時間はかかるかもしれないけど、大輝ならきっとその清水さんへの想いをちゃんと言葉にできるようになるって」

「俊也……」

この清水さんへの想いをうまく言葉にできる自信はまだないけれど、俊也がそう言ってくれるのならいつかはできるのかもしれない。

「分かった、僕、自分でまた考えてみることにする」

「ああ、それで悩んだら聞き役になるからまた遠慮せずに言ってくれ」

「うん。ありがとう俊也」

すぐに解決はしなかったけどこの件を俊也に話して良かった。そう思っていると俊也の声が再び聞こえてきた。

「あ、あともう一つ俺が大輝に教えられない理由あったわ」

「何？」

「万が一俺の予想が外れていた場合、とある勢力からボコボコにされかねないから」

「ホントにどういうこと!?」

僕は気になって仕方なかったが、俊也は頑《かたく》なにそれ以上詳細を話すことはなかった。

「大輝《だいき》、恋バナ始めようぜ！」

清水《しみず》さん告白騒動から一週間ほど経《た》ったある日の放課後、僕がいつも通り帰ろうとしていると俊也《しゅんや》に声をかけられた。ここ最近は俊也との恋バナはなかったからてっきり飽きたものだと思っていたけどどうやら違ったらしい。

「部活行かなくていいの？」

「今日は部活オフの日だから大丈夫！」

「それならいいけど」

念のため周囲を確認する。僕と俊也以外にも何人か教室に人は残っているけど、僕たちの話に興味がある人はいないように見える。隣に座っている清水さんも机に伏せて寝ているみたいだから僕たちの会話は聞こえないだろう。

「ありがとう大輝！　それじゃあ今日のテーマを発表します！　今日のテーマは好きな子と一緒にする部活だ！」

　なるほど、一緒にする部活か。僕は帰宅部なのでなかなか思いつかないテーマだ。ただ似たような話を前にも少ししていたような……。

「前にした恋バナでサッカーの試合の時に好きな子に応援されたいって言ってなかった？今回のテーマでもそれが俊也のやりたいことになるんじゃないの？」

「確かにサッカー部の場合だとそうかもな。それなら逆に今回は俺が瀬戸《せと》さんのいる部活に所属していたらという想定で話をしていくか」

「瀬戸さんってなんの部活に入ってるの？」

「そういえば言ってなかったか。瀬戸さんが入ってるのは……」

　俊也が言い終わる前に勢いよく教室の後方のドアが開いた。

「圭《けい》、大輝君、二人ともおるかー！」

　そこにいたのは紛れもなく清水さんのお姉さんである清水愛《あい》さんだった。

「呼ばれてるけど愛さんと何か約束してたのか大輝？」

「してない、してない」

　首を横に何度も振る。愛さんとはあの騒動以来何度か廊下で偶然遭遇したことはあったけど、今日という日に何か予定を入れた記憶はない。

　僕が混乱しているうちに愛さんは僕の席の近くまで来ていた。愛さんは僕と目が合うとニヤリと笑った。

「オッケー、二人ともいるね。大輝君ちょっと今から時間ある？」

「こんにちは愛さん。すみません、今は俊也と話をしてて……」

僕がそう説明すると愛さんの視線は俊也の方に移った。

「俊也君……。ということは大輝君の友達の松岡《まつおか》俊也君かな？」

「そうです。俺の名前も覚えてくれてるんですね！」

「もちろん！　ハイパーウルトラ生徒会副会長ですから！」

「それ、別に生徒会副会長そんな関係ねえだろ」

意図せぬ方向からツッコミの声が聞こえた。声のした方へと視線を向けると呆《あき》れた顔をした清水さんがこちらを見ていた。どうやらこの騒ぎで起きてしまったらしい。

「圭も起きたみたいだね！　それじゃあ圭、大輝君、行こう！」

「どこにだよ。それに本堂《ほんどう》は松岡と話してる途中だろうが」

「そうだった！　でも俊也君ここで話しててていいの？」

「どういう意味ですか？」

「だって今日俊也君って図書委員の当番の日じゃない？」

「あっ、やべっ」

俊也の顔がみるみるうちに青くなっていく。どうやら愛さんの言っていることは事実のようだ。

「悪い、大輝。忘れてたけど今日は図書当番だった！　俺行くわ！」

「うん、思い出せて良かったね」

「続きはまたそのうちしような。あと愛さん、当番のことを教えてくれてありがとうございました！」

俊也が愛さんに向かって深々と礼をする。

「うむ、苦しゅうない。あの子が待ってるだろうから早く行ってあげな」

「そうします。じゃあ大輝、また明日な」

「じゃあね俊也」

こうして俊也は慌ただしく教室から出ていったのだった。

「そういえば愛さんはなんで俊也が今日図書委員の当番だったこと知ってたんですか？」

「ふっふっふ、それは簡単な推理だよ助手君」

「いつから本堂がお前の助手になったんだ。それになんでちょっと得意げなんだ」

愛さんの発言に清水さんが間髪《かんはつ》を容《い》れずにツッコミを入れる。

「今日も切れ味のいいツッコミだぜ！　まあ真相は今日のもう一人の図書委員の当番の子が私の知り合いで、その子が今日当番だって言ってたのを前に聞いてたからなんだよね」

「なるほど、そういうことだったんですね」

それなら俊也が図書当番だと知っていたことにも納得がいく。

「分かってくれたかな？　それじゃあ改めて大輝君、今から時間あるかな？」

「あまり遅くならなければ大丈夫です」

帰ってから夕食を作る予定だけど、すぐ帰らないといけないほど時間に余裕がないわけではない。

「それなら大丈夫。そこまで時間はかからないと思うから。それでは早速行きますか！」

「ちょっと待て。私にも予定聞けよ。そしていい加減どこに行くのか教えろ」

「え？　圭、多分暇でしょ？　それに行き先は着いてからのお楽しみだよ！」

そう言うと愛さんは左右の手でそれぞれ僕と清水さんの腕を摑んだ。あまりに予備動作なく摑まれたので声を出す暇さえなかった。

「それでは二名様ご案内〜」

「おい、手を放せ、子供じゃねえんだぞ。あとせめて荷物は持って行かせろ」

愛さんが僕たちの腕から手を放す。清水さんの言葉が愛さんに届いたようだ。

「確かに荷物は持って行った方がいいね。ちょっとテンション上がりすぎてたぜ」

「本当に何するつもりなんだよ……」

それから僕と清水さんは荷物をまとめ、愛さんと共に教室を後にしたのだった。


「目的地到着！」

教室を出て数分くらい経っただろうか。僕たちはとある部屋のドアの前にいた。

「やっと着いたか。それで何をするんだ？」

「それは中にいる人に説明してもらいましょう！　それではオープン！」

その声と同時に愛さんは勢いよくドアを開いた。愛さんに続き恐る恐る部屋に入る。その部屋は中央に二つの長机がくっついて置かれていて、その机を囲むようにイスが置かれていた。そして部屋の中では一人の男子生徒がイスに座っていた。

「陽介《ようすけ》、二人とも連れてきたよ～」

「来たか。ちゃんと同意のもとに連れてきたんだろうな……」

陽介と呼ばれたその眼鏡をかけた男子生徒はどうやら愛さんの知り合いのようだ。その顔をよく見てみるとどこかで見たことがある気がした。

「もちろん、二人とも快く了承してくれましたとも！」

「私には許可とってないだろ」

「圭は心の声がいいよって言ってたから」

「お前の耳は都合のいい言葉しか拾わないのか……」

二人は今日も絶好調みたいだ。そんなことを思っていると陽介さんが口を開いた。

「愛も圭も一旦静かにしてくれ。お前たちの姉妹漫才に付き合ってたら日が暮れる。状況を説明するためにまず軽く自己紹介させてくれ」

僕はその陽介さんの発言に驚いた。というのもうちの高校で清水さんを名前で呼ぶ人はあまりいない。それは清水さんが多くの生徒から恐れられていることの表れだと思う。その清水さんを普通に呼び捨てで呼ぶ陽介さんは、愛さんだけでなく清水さんとも知り合いだと考えられる。陽介さんは清水姉妹とどういうつながりがあるのだろう。

「確かに大輝君は陽介のこと知らなかったね。それじゃあ自己紹介よろしく！」

「ああ、俺の名前は坂田《さかた》陽介、三年生で一応生徒会長をやらせてもらっている。あと愛とは腐れ縁の幼馴染《おさななじ》みだ。いきなりこんなところに連れてこられて戸惑っていると思うがどうかよろしく頼む」

僕がどこかで陽介さんを見た気がしたわけは陽介さんが生徒会長だからみたいだ。それと、愛さんの幼馴染みということは清水さんとも少なからず関わりがあり、清水さんのこともよく知っているのだろう。それなら清水さんを名前で呼ぶのも納得がいく。

自己紹介が終わると同時に陽介さんは深々と頭を下げた。慌てて僕も頭を下げる。

「二人とも硬いって。お見合いじゃないんだからもっと気楽にいこうぜ！」

愛さんのその言葉を聞き僕も陽介さんも頭を上げた。

「お前は柔らかすぎだけどな」

「柔軟性は大事だよ圭。運動する時ケガしにくくなるし」

「そういう柔らかさじゃねえよ」

「また話が進まなくなるだろ。とりあえず二人とも立ってないで空いてる席に座ってくれ」

「そうだね。ささ、二人とも座って、座って」

愛さんが陽介さんの隣にあるイスに腰かけた後に、清水さんは机を挟んで愛さんの向かいにあるイス、僕は陽介さんの向かいにあるイスに座った。

「それでどこから話そうか……。本堂君は愛にどこまで話を聞いてる？」

「あの……全く聞いてないです」

陽介さんの抗議の視線が愛さんの方に向けられる。

「おおまかな説明はしてくるって言っただろ」

「次から頑張る所存であります！」

「それを言って改善された記憶がないが……。まあいい、それじゃあ最初から話していくか」

陽介さんの視線が愛さんからこちらに移る。

「大輝君、そもそもここはどこだと思う？」

「え？　……空き教室じゃないですか？」

いきなり質問されて少し驚いたけど、思った内容をそのまま口に出すことにした。

「まあそう思うよな。ただ少し違う。圭はここがどこか分かってるだろう？」

なぜかムッとした表情の清水さんは少し時間が経ってから口を開いた。

「……部室だろ、お前らの」

「ピンポーン！　大正解！　ここは私たち天文同好会の部室でございます！」

「天文同好会？」

思わず声が出てしまった。そんな同好会うちの高校にあったのか。

「知らないのも無理はない。うちは部員が三人しかいない影が薄い同好会だからな」

「というか、なんでそもそも天文部じゃなくて天文同好会なんだよ」

僕も少し疑問に思っていたことを清水さんが口にしてくれた。

「それについては後々説明するから待ってくれ。先に本題に入りたい」

「結局、私と本堂はなんでここに連れてこられたんだよ？」

「それはこの天文同好会に二人を勧誘するためだ」

「なんで私と本堂を誘う必要があるんだよ？」

「理由は大きく分けて二つある」

陽介さんの表情が先ほどより少し真剣なものになったように見える。スイッチが入ったのかもしれない。

「一つ目の理由は廃部の危機を脱することだ。今この天文同好会には俺と愛ともう一人の計三人が在籍している。俺と愛は三年生で二学期が終われば同好会から離れることになる。同好会の最低構成人数は二人だから、このままだと二学期が終わると天文同好会は自動的に廃部になってしまう。俺はそれも仕方ないと最初は思っていたんだが……」

「そんなの認めません！　私の目の黒いうちは絶対に廃部になんてさせませんとも！」

「……愛がずっとこの調子だからな。まあ俺も思い入れがある場所ではあるから、なるべく存続させたいと今は思っている」

「なるほど、それで二つ目の理由は？」

「それはですね……。学校の屋上で天体観測したいからです！」

「は？」

「え？」

僕と清水さんの声が同時に発せられる。話が飛躍しすぎてよく理解できない。

「説明を省きすぎだ。それだと全然分からないだろ」

「そうかな？　そしたら陽介いい感じに説明よろしく！」

「お前に言われなくてもするつもりだ。まあ確かに最終目的は学校の屋上での天体観測で間違ってない」

「天体観測くらい好きにやればいいだろ。それと私たちがここに入ることになんの関係があるんだよ？」

それは僕も気になっていた。屋上での天体観測と天文同好会の増員の間にどんな関連性があるのだろう。

「順を追って説明していく。まず屋上で天体観測するためには何が必要だと思う？」

「何って……望遠鏡とか屋上のカギとかじゃねえか？」

「本堂君はどう思う？」

「僕も屋上のカギは必要なんじゃないかと思います」

確かうちの高校の屋上は普段は施錠されていて、生徒は基本的に入れなかったはずだ。

「そうだな、屋上のカギは必要だ。そしてカギを借りるためには屋上を使用する許可が必要になる」

「そこまで分かってるんだったら許可とって天体観測すればいいだろ？」

「そう簡単にはいかない。屋上の使用許可は個人や同好会には下りないんだ」

そうなのか。うちの高校の屋上は思ったよりも行くのが難しいらしい。

「なら諦めるしかねえじゃねえか」

「いや、一応方法はある。個人や同好会には許可は下りないが、部活であれば許可が下りる可能性がある。顧問の先生……大人の責任者がいるかいないかの違いだろうな」

「どういうことですか？」

「天文同好会のままでは屋上で天体観測はできないが、天文部になれば可能かもしれないということだ」

「同好会から部活になる方法なんてあるのか？」

「ああ、うちの高校では五人以上の部員と顧問の先生がいれば部活として認められる。まあ正確には、その他にも活動場所や活動目的など色々必要なものはあるが」

陽介さんの話を聞きようやく僕たちが勧誘された理由が分かってきた。

「つまり天文同好会が天文部になるためには部員があと二人必要で、そのために僕たちに入部してほしいってことですか」

「概《おおむ》ねそんなところだな。顧問の先生は候補がいるから後は部員不足が問題なんだ。だからここの存続のためにも屋上での天体観測のためにも二人にはぜひ入部してほしいわけだ」

「説明ありがと陽介！　二人とも勧誘した理由分かってくれたかな？」

「はい、大体は分かったと思います」

「まあそうだな」

「そしたら質問はあるか？　俺が答えられる範囲でなら答えるぞ」

「それなら一ついいですか？」

部活に入るのであればまず確認しなければいけないことがある。

「いいぞ、聞いてくれ」

「僕、平日はあまり遅くまで学校にいられないんですけど大丈夫ですか？」

平日は両親が仕事で遅くまで帰ってこないことが多いので夕食はいつも僕が作っている。家にいるのが僕だけなら夕食が遅くなってもいいのだがうちには妹の輝乃《きの》がいる。輝乃のためにも夕食の時間はなるべく遅くならないようにしたい。

「それなら心配ない。うちは明確な活動時間があるわけじゃないからな。好きな時間に来て好きな時間に帰っていい。実際に俺や愛は生徒会の活動でいないこともざらにあるし、もう一人の部員も委員会で来ない日もある。今日いないのも委員会の仕事があるからだしな」

「なるほど……。それなら問題ないと思います」

帰宅時間がそこまで遅くならないのであれば特に断る理由もない。

「おい、そんなに簡単に決めていいのかよ。まだ重要なこと聞いてないだろ」

「重要なこと？」

「放課後ここでお前らは何してるんだよ。いつも天体観測の準備してるわけじゃねえだろ」

「あっ」

確かに活動内容については詳しく聞いていなかった。なんとなく天文関係の勉強をしていると思っていたけど違うのだろうか。

「そ、それは……」

陽介さんが動揺している。なんとなく僕の考えていた活動内容ではない気がしてきた。

「ならば代わりに私が答えましょう！　天文同好会はあったりなかったりしたことを他の部員たちと面白おかしく話す憩いの場！　いわば現代の桃源郷なのです！」

要約すると天文同好会の活動内容とは……。

「つまり普段はここを休憩所代わりにして目的もなくおしゃべりしてるだけじゃねえか！」

「そう捉えることも可能かもしれませんね……」

愛さんが否定しないということは、どうやら清水さんの言った通りの活動内容で合っているみたいだ。

「どっちにしても今更私は部活に入る気はねえ。話が終わりならもう私は行くぞ」

清水さんが立ち上がると愛さんも続いて立ち上がった。

「ちょっと待って圭！　もうちょっと話を聞いて！」

「な、なんだよ。説得しようとしても無駄だからな」

「この話を聞かないと圭、後悔すると思うよ」

「……嫌な言い方だな。まあそこまで言うなら話だけは聞く」

「いい判断です。それではこちらまでお越しください」

愛さんはそう言いながらドアの前まで行き、そこで足を止めた。

「別にここで言えばいいだろ？　なんでわざわざ移動しなくちゃいけないんだ」

「私はここで話してしまってもいいんですけどねぇ。それだと圭が困るんじゃないかなと思ったわけですよ。あ、圭がいいならここで言いますよ？」

愛さんがドアの前でニヤニヤと悪い笑みを浮かべながら清水さんを見つめている。それに対して清水さんは愛さんを睨《にら》んでいるが効果はなさそうだ。

「大した内容じゃなかったら承知しないからな」

「そこはご心配なく。絶対に圭の利益になる情報だと約束するよ」

その言葉を聞いた清水さんは愛さんと一緒に部屋の外へと消えていった。そして部屋の中には僕と陽介さんだけが残された。

何について話そうか悩んでいると陽介さんが先に口を開いた。

「そうだ。前から言いたかったことがあるんだが言ってもいいかな？」

「は、はい」

今日初めて会ったのに前から話したかった内容とはなんだろうか。想像がつかないので少し緊張する。

「圭のことありがとう」

そう言って陽介さんは頭を深々と下げた。

「なんのことですか？　というかお礼を言われるようなことした記憶が……」

陽介さんは頭をゆっくりと上げると再び話し始めた。

「いや、本堂君はお礼を言われるようなことをしたよ。この前、圭が厄介な輩《やから》に告白された時のことまだ覚えているだろ？」

「あっ」

そういえば愛さんがこの前教室に来た時、愛さんは幼馴染みも一緒に清水さんを捜しているると言っていた。その幼馴染みとは陽介さんのことだったのか。

「本堂君が圭を見つけてくれなければどうなっていたか分からなかった。あの時のお礼をまだ言えていなかったから、君と話す機会があったら直接お礼を言いたいとずっと思ってたんだ」

「……そうだったんですね。それなら僕からもお礼を言わせてください」

「え、なんのお礼だ？」

陽介さんは心底不思議そうな顔をしている。

「僕にとっても清水さんは大切な人なので。あの昼休みに清水さんを一緒に捜してくれてありがとうございました」

陽介さんに向かって今度は僕が頭を下げる。

「あ、頭を上げてくれ本堂君！　俺は愛の手伝いをしただけだ！　それに圭は俺にとっても妹みたいなもんだしな。心配するのは当然だ」

「清水さんのこと妹みたいに思ってるんですか？」

頭を上げると同時に疑問がつい口から出てしまった。

「圭も幼馴染みだからな。アイツは万年反抗期の妹みたいなもんだ。だから俺はそんな圭の側に本堂君がいてくれたことが嬉《うれ》しい」

「僕、清水さんといつも話してるだけですよ？」

「アイツにとっては、近くにいてなんでもないことでも話せるクラスメイトというだけでも貴重な存在だと思うぞ」

「そう……だといいんですけど」

「ああ、だから本堂君が嫌でなければこれからもアイツと仲良くしてやってくれ」

陽介さんのまなざしは優しさで満ちているように見えた。

「はい！」

「よし、これでお礼の件は終わりだな。それと本堂君一つ聞きたいことがあるんだが……」

「なんですか？」

「さっき圭のことを大切な人とか言っていたがそれって……。いや、すまないがこの質問はなかったことにしてくれ。後で愛や圭に聞いたことがバレたら怒られるだけではすまない気がする」

「え？　はい、分かりました」

陽介さんは僕に何を聞きたかったのだろう。陽介さん本人が質問を取り下げたので深く聞こうとは思わないけど。

「まあどんな形であれ俺は本堂君のことを応援するとは言っておくぞ」

「ありがとうございます？」

陽介さんは何を応援してくれるつもりなのか。全然見当がつかないけど心強いことだけは確かだ。

そんな陽介さんの視線はいつの間にか僕からドアの方に移っていた。

「それにしても愛と圭、まだ帰ってこないな。圭の説得に時間がかかっているらしい」

「そうみたいですね」

「あっ」

「どうかしました？」

「聞くタイミングを失っていたが本堂君は天文同好会入るか決めてくれたか？」

そういえば色々あって入部するかどうかをまだ伝えていなかった。

「はい、早めに帰っても大丈夫なら問題はありませんし、楽しそうなので入らせてもらおうと思います」

「おお、ありがとう！　これで少なくても同好会としては二学期が終わっても存続できる。後は天文部になるかどうかは圭次第だな」

「清水さんも入部してくれたら嬉しいですね」

「本堂君から圭にそう伝えれば入りそうな気もするが……。まあ今は少し待とうか」

「そうですね」

こうして僕と陽介さんは雑談を始めることにしたのだった。

「それで話ってなんだよ」

天文同好会の部室前の廊下に私と愛は立っていた。人通りはないため話を聞かれる心配はおそらくないだろう。

「その前に、なんで同好会入ってくれないの？　話が違うじゃないか！」

「あたかも前からその話してたみたいな言い方やめろ。今日初めてした話だっただろ」

「うっ、それは……そうなんだけどね。それはともかく今回はチャンスなんだよ！」

「なんのだよ」

「大輝君との距離をもっと縮めるチャンスだよ！　同じ場所に二人でいる時間が増えればそれだけ仲を深める機会も増えるはず。それに天体観測を二人一緒に経験すれば親密度も急上昇間違いなしですよ！」

同好会に入ることも天体観測をすることも私にメリットがあると愛は言いたいらしい。

「そう言って本当は自分が屋上で天体観測したいだけだろ。というかなんでわざわざ屋上で天体観測したいんだよ？　他の場所ならそこまで手間がかからず天体観測できるだろ？」

「クックック、バレてしまっては仕方ない。と言ってもさっきした話も別にウソではないんだけどね？　私は最近ある情報を手に入れたのですよ！」

「ある情報？」

「そう、うちの高校の屋上で天体観測すると恋が実るという情報です！」

「……そのしょうもない情報どこから仕入れたんだよ」

　少なくとも私はそんな話を聞いたことがない。そもそも基本的に私は本堂からしかその手の情報を聞く機会はないのだが。その本堂も人の噂話《うわさばなし》はあまりしないため、私ほど噂話に疎い者もこの高校にはいないのかもしれない。

「情報源は普段は内緒なのですが今回は特別に開示しましょう！　友達の友達のお姉さんです！」

「その情報源よく信用したな。ほぼほぼ他人だからなその関係」

「信用するよ。話してみていい人だったもん」

「直接話したのかよ。友達の友達の姉さんと話す機会がなんであるんだよ」

　思わずツッコんでしまったが、愛ならば話す機会があってもおかしくないと思えるのがコイツの恐ろしいところだ。

「まあ色々あったんですよ。それでその人が言うには、昔うちの高校の屋上で天文部が天体観測したらしいんです。その時は何も起こらなかったのですが問題はその後、天文部の部員の恋が次々と実っていったんです。屋上で天体観測してから！　以降そのことは伝説として天文部の部員たちの間で代々語り継がれていったとか……」

「天文同好会のお前が知らなかった時点でその伝説語り継げてなかったけどな」

「もう、そんな細かいことはいいんですよ！　この伝説に乗らない手はない！　圭も恋を実らせるビッグチャンス到来ですぜ！」

「何がビッグチャンスだよ。そんな伝説ただの偶然だろ。まったく……お前の話をまじめに聞いた私がどうかしてた」

荷物を取りに天文同好会の部室に戻ろうとすると肩をガシッと愛に摑まれた。

「なんだよ。今度こそ私は帰るからな」

「圭さん、ここに来た理由をもうお忘れで？」

ここに来た理由？　そういえば聞かないと後悔する話があると言っていた気がする。

「まだ何か言ってないことあるのかよ。別に言っても私の気は変わらねえぞ」

「いや、間違いなく圭の気持ちは三百六十度変わるね」

「それだと逆に変わってねえよ。百八十度にしとけ」

「それが言いたかったんですよ。それで私が言いたいのは三人目の部員のことです」

確かに先ほどの話の中で陽介は部員が三人いると言っていたが、その部員がどんな人物なのかについてはあまり情報がなかった。

「それでその部員がなんだっていうんだよ」

「その部員がですね……。なんと！　まさかの！」

「早く言え。帰るぞ」

テレビ番組だったらそのままコマーシャルに突入しそうな流れだ。

「三人目の部員はなんと！　二年生の女の子なんです！」

「……だからなんだよ？」

なぜ三人目の部員が女の子だったら私を勧誘できると愛は思ったのだろうか。

「え、ここまで言って分からない？　圭さんこのまま天文同好会に入らなかったらピンチかもしれないってことですよ？」

「どういうことだ？」

「大輝君はさっきまでの反応を見るに入部してくれると思うんだよね。そして私と陽介は二学期で天文同好会を泣く泣く引退。するとどうなるか圭にも分かるでしょ？」

「……天文同好会がソイツと本堂の二人になるってことか」

「ザッツライト。二人きりで放課後活動していくうちにどんどん精神的な距離が近づいて最後には……ってこともありえない話ではないですよ？」

「ぐっ」

確かにその可能性はないとは言えない。どんな奴《やつ》か分からないが、日々を一緒に過ごす中で本堂の優しさに気づき惚《ほ》れるということもありえる話ではある。

「圭が同好会に入ってくれれば二人の様子をいつも確認できるし、それに大輝君との距離もどんどん近づいて一石二鳥というわけですよ！」

「一石二鳥なのは廃部の危機をまぬがれて、屋上で天体観測できるようになるお前だろ！」

「そういう考え方もありますな。それでどうするんです？　同好会入らないんですか？」

「ぐぬぬ……」

小悪党のような笑みを浮かべている愛の思い通りになるのは本当にしゃくだが、同好会に入る方が私にとっても得るものが多い気がしてきた。

「……行くぞ」

「その表情は圭……。分かった、部室に行きましょうか」

私は愛と共に天文同好会の部室へと戻ることにした。

※　※　※

陽介さんと雑談をしている最中、部室のドアが開いた。ドアの方に目をやると清水姉妹が部室に入ってきた。どうやら話は終わったみたいだ。

「ただいま〜。そっちはどうだった？」

「こっちは本堂君が入部してくれることに決まったよ」

「おお！　大輝君ありがとう！　これからよろしくね！」

「はい！」

「それでそちらはどうなったんだ？」

「圭さん言っちゃってください！」

「……私も天文同好会に入ることにした」

清水さんの表情はなぜか不服そうだ。愛さんと一体何を話したのだろう。

「これでニュー天文同好会、いや、天文部爆誕だね！」

「正式に部活として認められるには色々書類を作成したり、許可を得たりしないといけないからもう少し時間はかかるけどな」

「それは私たちで頑張ろ！　それにしても屋上での天体観測も現実的になってきました！」

「二人とも入部してくれて良かったな。そうじゃなかったら天体観測は無理だったから」

陽介さんの発言に僕は少し疑問を覚えた。

「他の人を勧誘する予定はなかったんですか？」

「それはですね……。実は天文同好会のもう一人の子が少し人見知りをする子でして……。その子がオッケーを出した子が君たち二人だったのですよ」

「つまりソイツは私たちの知り合いってことか？」

「そうだね。驚かせるために隠してたけどもう名前言ってもいいかな。その人の名は……」

ドアの開く音がして僕はそちらに視線を移す。

「あれ、噂をすればなんとやら。今日は委員会だったはずだよね？」

「松岡君が、遅れた代わりに後は仕事しとくって言ってくれたから早く来た。そこの二人はお客さん？」

「なんとね、この二人さっき決まったんだけど新しい天文同好会のメンバーなんだよ！知ってると思うけど一応紹介しとこうか。こちらは圭と大輝君。そしてこちらは……」

ドアの前にいるショートカットの女の子は確かに僕らが知っている人物だった。

「……澪《みお》ちゃん！　クールでキュートな我々の後輩です！」

澪ちゃんと呼ばれたその子のフルネームは瀬戸澪。僕と清水さんのクラスメイトである俊也の想《おも》い人《びと》でもある女の子だった。

「もう一人の部員ってお前だったのか瀬戸《せと》……」

愛《あい》さんによる瀬戸さん紹介の後、最初に口を開いたのは清水《しみず》さんだった。

「そ、そう」

「そんなに緊張しなくて大丈夫、澪《みお》ちゃん。圭《けい》は理由なく噛《か》みついたりしないから」

「理由があれば噛みつくみたいに言うな。犬じゃねえんだぞ」

清水さんが愛さんを睨《にら》みつけるがあまり効果はないみたいだ。

「圭はワンちゃん的可愛《かわい》さも併せ持ってるからいいじゃないですか。まあいいや、せっかく全員揃《そろ》ったんだから何かしようよ！」

「私はもう帰るぞ」

「ええ、早くない？　まだここにいなよ」

「目的は済んだだろ。今日これ以上残る理由はないし帰るぞ」

「そんなぁ。大輝《だいき》君も圭と一緒にいたいよね？」

「は、はい」

いきなり名前を呼ばれて反射的に肯定してしまったけどウソはついていないからいいか。

清水さんの方を見ると一瞬だけ視線が合ったがすぐに逸《そ》らされてしまった。

「べ、別に明日からもここには来るからいいだろ！　じゃあな」

そう言い残すと清水さんは荷物を持って素早く部室から去っていった。

「行っちゃったね、圭」

「私のせい？」

瀬戸さんの声色は変わらないが、先ほどよりしゅんとしているようにも見える。

「澪ちゃんは悪くないよ。澪ちゃんが来なくても圭はそのまま帰ってたと思うし」

「そうだな。だからあまり気にしなくていいと思うぞ」

「……分かった、そう思うことにする」

瀬戸さんの表情から何を思っているのかはほとんど読み取れないけど、そこまで極端に落ち込んではいない気がする。

「これからもここで圭と会う機会はあるだろうからその時に話そう！」

「うん、そうする」

「よし、じゃあこの話は終わりだな。愛、行くぞ」

「行くってどこへ？」

愛さんはキョトンとしている。思い当たる節がないようだ。

「生徒会室に決まってるだろ。まだ仕事が残ってるのを後回しにしてここにいるんだから
そろそろ行かないとまずい」

「すっかり忘れてた！　確かにこのままサボってたら後輩に示しがつかないぜ！」

そういえば陽介《ようすけ》さんと愛さんは生徒会長と生徒会副会長だった。二人とも生徒会の仕事
で忙しいのだろう。気がつくと陽介さんと愛さんは廊下に出ようとしているところだった。

愛さんが僕と瀬戸さんの方を振り返り口を開いた。

「今日はもうここには戻らないと思うから澪ちゃんと大輝君、後はよろしく！　それでは
さらば！」

「おい、生徒会副会長が廊下走るな！　悪い二人とも、俺も愛も今日はもう戻ってこない。

だから後のことは頼む。じゃあな」

陽介さんはそれだけ言うと早足で愛さんの後を追っていった。

「先輩たちもいなくなっちゃった……」

「愛さんも陽介さんも忙しいんだね」

三人が去り天文同好会部室に残っているのは僕と瀬戸さんの二人だけになってしまった。

「どうしよう。僕たちも帰ろうか瀬戸さん？」

「……ちょっと待って」

「どうしたの瀬戸さん？」

「少し待ってほしい」

「いいけど何かしたいことでもあるの？」

「うん」

何をするのか見当もつかないが、瀬戸さんがしたいというならば同じ天文同好会の部員として協力してあげたい。

「それで瀬戸さんがしたいことって何かな？」

「……相談に乗ってほしい」

「相談？」

「そう」

「それは大丈夫だけど相手は僕でいいの？」

「どういう意味？」

「だって相談って普通は親しい人にするものでしょ？　それをあまり話したことがない僕なんかにしてもいいのかなって思って。愛さんとかに聞いてみてもいいんじゃないかな？」

「愛先輩にも前に相談したけどはぐらかされた。それに大丈夫、愛先輩が本堂《ほんどう》君はとってもいい人って言ってたから」

「愛さん……」

愛さんは瀬戸さんに僕のことをなんと説明したのだろうか。

「それに本堂君は松岡《まつおか》君の友達だから今回の相談相手に一番合ってる」

ここで俊也《しゅんや》の名前が出てくるとは思わなかった。今回の相談は俊也が関係しているということなのか。

「本堂君？　ボーッとしてどうしたの？」

「あっ、ごめん」

「それで相談内容聞いてくれる？」

「……うん、瀬戸さんが僕でいいって言うなら」

悩んだ末に僕は相談相手を引き受けることにした。瀬戸さんの力になってあげたかったし、瀬戸さんが俊也をどう思っているか少しは聞けるかもしれないと思ったからだ。

「ありがとう本堂君。そうしたらまずは私が気になっている人について話す」

「ぶっ」

吹き出してしまった。僕の耳が正常であるなら思ってもいないことを言われた気がする。

「大丈夫？　本堂君」

「ごめん、びっくりしちゃって。続けて」

「うん、じゃあ気になっている人について話していく。あ、申し訳ないけど名前は秘密」

「分かった」

「その人は私より背が高い男の子で……」

瀬戸さんは気になっている人の特徴を教えてくれるみたいだ。まず身長だが瀬戸さんは女子の中で背が高い方ではないから男子は大体瀬戸さんより背は高い。そのため瀬戸さんの想い人《おもびと》はまだそこまで絞れな……。

「同じ図書委員で……」

「え？」

「どうしたの？」

「ごめん、なんでもない。続けて」

思わず声が出てしまった。僕の聞き間違いじゃなければ瀬戸さんの想い人は確かに図書委員だと言っていた。図書委員の男子は一クラス一人なので全校でも人数はそこまで多くない。この時点で瀬戸さんの想い人は一気に絞られてしまった。

「分かった、続ける。そしてその人とは去年から同じクラスで……」

「……瀬戸さん？　ちょっといいかな？」

「今度はどうしたの？」

「もしかしてなんだけどその人ってサッカー部に入ってたりしない？」

「……本堂君って実はエスパー？」

「ははは……」

もちろん違う。瀬戸さんや僕と去年から同じクラスの図書委員はもう一人しかいない。

「そこまで教えてくれたらさすがに瀬戸さんが気になっている人が俊也だって分かるよ」

「なるほど、本堂君は名探偵……」

「いや、俊也のことを知ってるなら誰でも分かると思うよ……」

それにさっき、僕が俊也の友達だから相談相手に最適と言っていたことも決め手の一つだ。教室でほとんど話したことがなかったから知らなかったけど、瀬戸さんは結構天然なのかもしれない。

「分かってしまったなら仕方ない。そう、私は松岡君が気になってる」

そうカミングアウトした瀬戸さんの顔は、先ほどよりほんの少しだけ赤みを帯びているように見えた。

「そ、そうだったんだね」

瀬戸さんの発言を聞いていた僕もついつい動揺してしまった。というのも俊也の想いが一方通行でないと分かったからだ。瀬戸さんも俊也のことを少なからず想ってくれている。この事実を俊也が聞いたら泣いて喜びそうだ。まあ瀬戸さんは僕を信用して話してくれたのだから、僕から俊也本人に直接伝えたりはしないけど。

「それで瀬戸さんは俊也のことがどういう風に気になってるの？」

「……言葉にするのが難しい。あまり上手に話せないかもしれないけどいい？」

「大丈夫だよ」

「ありがとう本堂君。まず私が松岡君のことを……」

話を要約すると、瀬戸さんが俊也を気にするようになったきっかけは、図書委員の当番をしていた際に俊也の方から話しかけてきたからだという。はじめのうちはそっけなく対応していた瀬戸さんだったが根気強く俊也が話しかけた結果、一年の秋には普通に話すようになった。そしてその頃には瀬戸さんは当番の時に俊也と二人で図書室にいる時間が楽しみになっていたらしい。二年生になっても二人は図書委員になり関係は大きく変化しなかった。ただ瀬戸さんには最近一つ悩みがあった。

「……俊也について考えることが多くなってきたんだね？」

「そう、なぜ松岡君のことばかり考えてしまうのか分からなくて悩んでる」

「なるほど」

「それで愛先輩は本気で悩んでいるなら、本堂君に相談をしてみたらいいんじゃないかと言っていた」

　というかなぜ相談相手が僕限定なのだろう。後で愛さんに聞いてみなければ。ただ愛さんに質問する前に瀬戸さんにも聞きたいことがあった。

「あのさ、一つ聞きたいんだけど、瀬戸さんはこれまでにこういう恋バナって他の人としたことある？」

「……友達の恋バナを聞いていたことはあるけど、自分から話すことはなかった」

「それはどうして？」

「誰かを好きになるという気持ちが分からなかったから」

「なるほど……」

瀬戸さんは俊也に向ける自分の感情がどういうものなのか、うまく言葉にできずにいるらしい。

「……本堂君、一つ聞いてもいい？」

「うん、僕に答えられることなら」

瀬戸さんは僕に何を聞きたいのだろうか。正直全く予想がつかない。

「私は松岡君のこと好きだと思う？」

「へ？」

予想していなかった質問が瀬戸さんから僕へと投げかけられた。

「どうして僕に聞くの？」

「愛先輩が本堂君に相談してみたらいいんじゃないかと言っていたから、本堂君なら私の気持ち分かるんじゃないかと思って」

瀬戸さんの表情はほとんど変化がなく何を考えているのか未《いま》だ僕にはよく分からないが、その目は真剣そのものだった。瀬戸さんが本気で聞いているなら僕も真剣に答える必要がある。

「……瀬戸さんが俊也のことを好きなのかどうか僕には断言できない。僕はまだ恋をした経験がないからどこからが恋と言えるのか分からないんだよね」

「そう……」

「ただ話を聞く限り瀬戸さんにとって俊也が大切な存在なのは間違いないと思う」

「そうなの？」

瀬戸さんはゆっくりと首を横に傾けた。どうやら自覚はなかったらしい。

「俊也のことがどうでもよかったら俊也のことをそこまで考えたりしないと思うんだよね」

「……なるほど。一理ある」

「その俊也を大切だと思う気持ちが恋なのかまでは僕には分からないけどね」

瀬戸さんは口元に右手を当てて動かなくなった。僕の話した内容について考えているのだろうか。

「ありがとう本堂君。私は松岡君を大切だと思ってるみたい」

「参考になったなら良かったよ」

「ただこの感情が恋なのか私には分からない。それで本堂君にもう一つお願いがある」

「何かな？」

表情が変わらないため瀬戸さんからのお願いは今までの誰よりも予想が難しい。

「また私と恋バナしてほしい」

「いいけどどうして？」

「恋バナをすれば恋についてもっとよく知ることができる。そうすれば松岡君への感情が恋なのかどうか分かるかもしれないと思って」

「相手は僕でいいの？」

「本堂君は私の質問に真剣に答えてくれたから。それに本堂君は松岡君のことをよく知ってるから、松岡君についての話がしやすい」

「……分かった、僕でよければまた恋バナ一緒にしよう」

少し話をしただけだけど瀬戸さんは本当に悩んでいるようだったし力になりたい。

「ありがとう。それじゃあこれからもお願い」

瀬戸さんはそう言うとぺこりと頭を下げた。

「よろしく」

僕も頭を下げる。数秒後、頭を上げるとちょうど瀬戸さんも頭を上げていた。

「それでこれからどうしよう？　恋バナの続きする？　それとも今日は終わりにする？」

「ちょっと待ってね」

リュックからスマホを取り出して時間を確認する。すると思っていたよりも時間が経過していたことが判明した。そろそろ帰って夕飯の用意をしなくてはいけない。

「ごめん、用事があるから続きは明日でもいい？」

「大丈夫」

「ありがとう。それじゃあまた明日恋バナの続きしようね」

「うん。また明日」

僕はリュックを背負い瀬戸さんに手を振られて天文同好会の部室を後にした。


翌日の放課後、僕は再び天文同好会の部室に来ていた。ノックをして入ると部屋の中には瀬戸さんの他にもう一人部員がいた。その人物は机に伏せていて顔はよく見えないけれど、その黒く綺麗《きれい》なロングヘアは僕には清水さんしか思い当たる人物がいない。

「こんにちは瀬戸さん。清水さんってもしかして寝てる？」

「うん、私が来た時には既に寝てた」

「そうだったんだ」

放課後になってからすぐにここまで来たのだろう。確かに僕が教室を出る時には清水さんはもういなかった気がする。既に寝ているのは体育の授業があって疲れたからだろうか。

「愛さんと陽介さんはもう少し後から来るのかな？」

リュックを机の上に置いた後、僕は瀬戸さんの横、清水さんの向かいの位置にあるイスに座る。

「用事で少しだけ遅れると愛先輩から連絡がきたからそうだと思う」

「教えてくれてありがとう。それじゃあ今日は二人が来るまで何し……」

「もちろん昨日の続き」

瀬戸さんの食いつきがよすぎる。よっぽど恋バナがしたかったのだろう。あとなぜか寝ているはずの清水さんの体がピクリと一瞬揺れた気がする。

「清水さん起きるかもしれないけどいいの？」

「聞かれて困る話ではないから大丈夫。本堂君はダメ？」

僕自身は仮に清水さんに話を聞かれても困ることは特にない。瀬戸さん自身も大丈夫と言っているなら止める理由はないのかもしれない。

「……瀬戸さんがそう言うなら僕はいいよ」

「ありがとう本堂君」

「じゃあ今日は何について話そうか？」

「昨日帰ってから家で勉強してきたから私が話す内容決めていい？」

「うん、いいよ」

いいとは言ったけど、恋バナの勉強とは。瀬戸さんは家で一体何をしてきたのだろう。

「今日の恋バナのお題は好きな異性の髪型」

「髪型？」

「そう、男の子はこんな髪型にキュンとするとかそういう話を聞きたい」

瀬戸さんの口からキュンという言葉が出てきて少し驚いた。それにしても髪型か……。

「好きな髪型は男子でも人によって結構違いがあると思うよ」

例えば同じ男子でも僕は髪の長い子が好みだし俊也は髪の短い子が好みだ。まあ俊也の場合は瀬戸さんの髪が短めだからショートヘアが好みと言っているだけだけど。

「そう……。本堂君はどんな髪型が好きなの？」

「僕はロングヘアが好みかな」

「なるほど。それでどんな髪型が好きなの？」

「え？　だからロングヘアが好きだって……」

「それは髪が長いか短いかの二択で長い方が好きっていうこと。私が聞きたいのは好きな髪型について」

ようやく質問の意図を理解した。僕の回答は質問と少しずれていたらしい。

「質問してもらって申し訳ないんだけど、僕あまり女の子の髪型とか詳しくないんだよね」

「……分かった。解決する方法があるから少し待って」

そう言うと瀬戸さんは席から立ち、部屋の中のとある本棚に向かって歩き始めた。

「愛先輩は確かここに……。あった」

瀬戸さんは本棚から一冊の雑誌を持ってきて元いた席に座った。

「これは愛先輩が置いてるファッション誌。この中に本堂君が好きな髪型の女の子が載ってるかも」

瀬戸さんからファッション誌を受け取る。数分かけて読んでいった結果、一人、なんとなく印象に残った髪型のモデルさんがいた。

「……このモデルさんの髪型いいと思うな」

ファッション誌の中の気になったモデルさんを指差して瀬戸さんに見せる。

「本堂君はハーフアップが好みなんだね」

「この髪型ハーフアップって言うんだ」

ファッション誌を改めて見る。そこには後ろ髪を結った一人のモデルさんが写っていた。

「どうしてこの髪型がいいと思ったの？」

「えっと、僕、清楚《せいそ》な子が好きなんだよね。なんかハーフアップって清楚な感じしない？」

「……そう言われればそう見えるかもしれない。本堂君は実際にこんな髪型の子がいたらドキッとする？」

「その時になってみないと分からないけど少なくとも気にはなると思う」

再び机が少し揺れる。反射的に清水さんの方に目を向けるが特に変化はない。一安心して視線をファッション誌に戻す。

「僕は朝が弱いから起きて学校に来るだけでも一苦労だからさ。朝から時間をかけてこういう髪型にしてくる人は本当にすごいと思うな」

「なるほど、本堂君はヘアアレンジしてくる女の子に敬意の念を抱いていると。参考になる」

そう言うと瀬戸さんはいつの間にか取り出した付箋を開いていたページに貼った。

「どうして付箋を？」

「一応、覚えておこうと思って」

話の最中、勢いよくドアが開く音がした。ドアの方を向くとそこには愛さんが立っていた。

「おお、圭も大輝君も来てるね！　清水愛、遅れながらもただいま参上しました！」

「こ、こんにちは愛さん」

「挨拶サンキュー大輝君。おや、圭はおねむの時間かな？」

愛さんの声が聞こえたのか清水さんはゆっくりと起き上がった。

「起きてたんだ、圭」

「お前の声で起こされたんだよ！　声量もう少し抑えろ」

「そ、そんな。私の数多い長所の一つである大きな声を封印しろというのかい？」

「お前の長所そんなに多くねえから。そして大きな声はそこまで長所じゃねえ」

「そんなことないよね澪ちゃん」

「……黙秘する」

「澪ちゃん⁉　ここでの黙秘はほぼ肯定だよ⁉」

あまり表情からは窺《うかが》い知れないが瀬戸さんも思うところがあるらしい。

「みんな酷《ひど》い！　大輝君はそんなこと言わないよね？」

「は、はい」

「ほら二人とも、大輝君は私の声は大きくはっきり聞こえて何時間聞いても飽きない美声だって言ってくれたよ！」

「一秒で分かる捏造《ねつぞう》やめろ。そして本堂は愛を甘やかすな」

清水さんにギロリと睨まれてしまった。

「まあ私の美声への言及はこれくらいにして今日はこれ！」

愛さんは二枚のプリントを取り出した。そのプリントの上部には入部届と書かれていた。

「入部届書くのはいいけど同好会が本当に部活になるのか？」

「そこは心配しないで。陽介と二人で調べてみたんだけど数年前にも似たようなケースがあったみたい。今回は部員の人数も顧問の先生もクリアしてるから、後は提出する書類さえ作成すればわりとスムーズに天文部に昇格できると思うよ」

「ならいいけどよ」

「それにもしトラブルがあったら生徒会副会長権限でなんとかするよ。フッフッフ……」

そう言い放った愛さんは悪い笑みを浮かべていた。

「職権乱用するな」

「冗談だって、冗談半分ですよ」

「本当か？」

本気も半分以上あったように見えたのは僕だけじゃなかったみたいだ。

「本当ですとも。今日とりあえず圭と大輝君にやってほしいのは入部届を書いて私に提出することだね。後は私と陽介で必要な細かい作業はやっておくから。入部届書くときに分からない部分があったら私に聞いて」

「分かりました」

結局この日は入部届を記入した後、帰るまで愛さんを中心に雑談をしていた。


翌日の朝、教室に到着するとあることに気づいた。

「あれ、清水さんまだ来てないな」

高校一年生の頃の清水さんであれば遅刻も珍しくなかったが、最近は僕が来るよりも先に学校へ来ている方が多い。清水さんに何かあったのだろうか。心配になっているとドアが開く音がした後にこちらへと近づく足音が聞こえてきた。

「清水さんおはよう……」

「お、おう」

言葉を失った。足音の主は清水さんだった。もっと正確に言うならば後ろ髪を結った清水さんだった。今日の清水さんの髪型は昨日ファッション誌で見たモデルさんの髪型と一致していた。

「いつもと髪型変えたんだね」

「ああ」

清水さんが席に着く。なぜ今日に限って清水さんは髪型を変えてきたのだろう。

「何ジロジロ見てんだよ」

「あ、ごめん」

気になって無意識のうちに清水さんを見ていたようだ。

「謝らなくてもいいけどよ。……やっぱり似合ってないか？」

清水さんは自信なさげにそう呟《つぶや》いた。

「そんなことない。普段とはまた違った雰囲気で可愛いと思うよ。いや、可愛いというより綺麗って感じかもしれないけど」

「なっ、そこまで言えとは言ってないだろ！」

理由は分からないが清水さんは動揺しているようで声がいつもより大きい。

「それにしても今日はどうして珍しく髪型を変えてきたの？」

「ぐっ、それはその……気まぐれだ」

そう主張する清水さんとなぜか目が合わない。

「そうだったんだ。いつも違う髪型だったからびっくりしたよ」

「こ、これくらい普通だろ」

朝のホームルーム前の予鈴が鳴り担任の湯浅《ゆあさ》先生が教室に入ってきた。もう少し話していたいけど時間みたいだ。

「それじゃあ清水さん今日もよろしくね」

「……おう」


「あれ、今日も清水さんいないや」

清水さんが髪型をハーフアップにしてきた日の翌日、いつものように登校すると今日も清水さんはまだ学校に来ていなかった。僕が教室に来てから五分ほど経過した後、清水さんが教室に現れた。

「おはよう清水さん」

「ああ」

清水さんは昨日と同様に後ろ髪をハーフアップにしてきていた。

「今日も髪型ハーフアップなんだね」

「おう」

清水さんが席に着く。僕が今日提出する課題を入れたファイルをリュックの中で捜していると何やら視線を感じた。周囲を確認すると視線の主は清水さんだと判明した。

「どうしたの清水さん？」

「いや、なんでもねえよ……」

清水さんは言葉とは裏腹に何かうずうずしている。ただ僕にはどう言葉をかけていいか見当がつかない。

「何か僕に言いたいことあるんじゃない？」

「言いたいことというか言ってほしいことというか……」

ボソッと呟いた清水さんのその一言を僕はなんとか聞き取ることができた。

「なんて言ってほしいの？」

「お前聞こえて……。そ、それは……」

「それは？」

「……なんでもねえ。そろそろホームルーム始まるぞ」

「う、うん。そうだね」

結局、清水さんが僕になんと言ってほしかったのかは分からずじまいだった。

更に次の日、僕が教室につくと清水さんの席には既に女子生徒が座ってきた。後ろから声をかける。

「おはよう清水さん？」

「なんで疑問形なんだよ」

「後ろ姿がいつもと違ってたからちょっと自信がなくて……」

今日の清水さんは昨日までとは異なり後ろ髪を一つ結びにしてきていた。いつも長い髪によって隠されているうなじが見えて少しドキッとする。

「今日は違う髪型にしたんだね」

「ああ」

「ハーフアップも良かったけどポニーテールも似合ってるね」

「そ、そうか……」

そう言った清水さんはなぜか口元を手で押さえていた。

「それにしても今日はどうしてポニーテールにしてきたの？　前みたいに気まぐれ？」

「今日は晴れてて暑そうだったからな。この髪型なら暑さも多少和らぐだろ」

「なるほど」

確かに今日は雲一つない晴天で朝から日差しが降り注いでいる。それからは清水さんの髪型についてそれ以上触れることはなくホームルームの時間になった。

それからというもの清水さんは登校する日によって髪型を変えてきた。ある日はお団子ヘア、またある日は編み込んだハーフアップ、またある日は三つ編みと多様性に富んでいた。

なぜ清水さんは髪型を毎日変えてくるのだろう。僕は不思議に思っていたが清水さんはいつもの気まぐれだと答え、気づけば清水さんが髪型を変え始めてから十日ほどが経《た》とうとしていた。髪型を毎日変えてくる清水さんを見てクラスは雨の予兆だという者、槍《やり》の降る前ぶれだという者、純粋に戸惑う者など多岐に分かれ混沌《こんとん》を極めていた。

※　※　※

「……はぁ。……はぁ」

とある平日の朝、私は息を切らしながら教室へと急いでいた。急いでいる理由は単純で朝のホームルームがあと少しで始まってしまうからだ。

(もっと簡単な髪型に挑戦した方が良かったか)

今日遅刻しそうになっている原因は、いつもより難易度の高い髪型にしようとしたためであった。編み込みがうまくできず、ああでもないこうでもないと試行錯誤を繰り返しているうちに時間が過ぎ、慌てて家を出たのだった。

去年までの私であれば遅刻など気にしなかったのだが今は違う。私が遅刻すれば本堂は絶対心配するだろう。それは私の望むところではない。

（……なんか前よりもアイツのこと考えてる気がするな）

先週から学校に来る前にへアアレンジをするようになったのも本堂の気を少しでも引くためだ。髪型を変えるたびに本堂は似合っているだとか綺麗だとか言ってくれる。その言葉を聞くだけで、朝早く起きて悪戦苦闘しながら髪を結うのも苦ではないと感じてしまう。

（まあ今日は髪を結ってこなかったからアイツは何も言ってこないだろうけど）

そんなことを考えているうちに私はいつの間にか教室に到着していた。なんとか遅刻は免れたみたいだ。席まで歩いていくと足音で気づいたのか本堂がこちらへ振り向いた。

「おはよう清水さん」

「おう」

荷物を置き改めて本堂の方に視線を移すと、本堂はなぜか柔らかな笑みを浮かべていた。

「なんで私の方見て笑ってんだよ」

「え、僕笑ってた？」

当の本人は無自覚だったらしい。

「笑ってたぞ。何がそんなに面白いんだよ」

思わず眉間にしわが寄る。大体のクラスメイトはこれだけで怯《ひる》むが本堂には相変わらず効果がない。

「それは多分ほっとしたからだと思う」

「どういうことだよ」

「いや、清水さん久々にいつもの髪型だったからさ」

私が髪を結ってこないと本堂はなぜほっとするのだろう。その因果関係を摑めないでいると本堂が再び話し始めた。

「清水さん最近毎日髪型変えてきてたでしょ？　その今まで見たことない髪型のどれもが僕の知らない新しい清水さんの一面な気がして正直結構ドキドキしてたんだよね」

「なっ……」

「それでこのままじゃ心臓持たないなって思ってたら、今日はストレートヘアできたから思わず安心しちゃったんだと思う。……ってあれ、顔隠してどうしたの？」

「い、今はこっち見るな」

両手で顔を隠すのも仕方がないと思う。本堂はなぜいつもこう私の心を揺さぶるのか。

それから数十秒後、多少冷静さを取り戻した私は顔を隠していた手を元の位置に戻した。

「……お前は私が髪を結ってくるとその……ドキドキするんだな」

「う、うん」

「そして私の普段の髪型が安心すると」

「そうだね」

それなら私のするべきことはもう決まった。

「……そうか。ならいつもはこの髪型にしておく」

「気を遣わなくて大丈夫だよ？　僕もそのうち髪を結った姿にも段々慣れてくると思うし」

「べ、別に気なんて遣ってねえ。ただ髪を結うのが面倒になっただけだ」

「それならいいんだけど……」

もちろん面倒になったわけではない。私はいざという時の切り札としてヘアアレンジを温存することに決めたのだった。

第三章 清水さんとアニメ

「本堂《ほんどう》君、恋バナしよう」

「急だね？」

ある日の放課後、僕が部室に赴くとそこには既に瀬戸《せと》さんと清水《しみず》さんがいた。清水さんは午後の授業でよく当てられて寝損ねたのか机に伏せて寝ていた。そんな清水さんのことを気にすることなく瀬戸さんが開口一番に提案してきたのが恋バナだった。

「恋バナに急も何もない。始めたいときに始めるのがいいと愛《あい》先輩は言っていた」

「あまり愛さんの言葉を鵜呑《うの》みにしすぎない方がいいと思うよ」

愛さんはいい人だけど時々フィーリングで話している節がある。

「……気をつける。それで本堂君恋バナしてくれる？」

「いいけど清水さん起きたら聞かれちゃうかもしれないよ？」

瀬戸さんは俊也《しゅんや》が気になっていることを人になるべく知られたくないはずだ。

「大丈夫。聞かれても問題ないように話す」

「分かった。それじゃあ僕もそうするね。それで今回は何について話そうか？」

「今日最初のテーマは、好きな人と一緒にどこに行きたいか」

「デートコースってこと？」

「一緒に行けたら嬉《うれ》しいくらいの感じでいい」

「なるほど。ちなみに瀬戸さんはどこに行きたいとかあるの？」

具体的な場所を全然思いつかないので、瀬戸さんの意見を参考にさせてもらおう。

「私？　私は……」

瀬戸さんは俊也と一緒にどこに行きたいのだろう。瀬戸さんは図書委員だから本関係で本屋さんとか図書館とかだろうか。

「和菓子屋さん」

「え？」

「和菓子屋さんに行きたい」

完全に想定の範囲外の回答がきた。というか予想できる人はそうそういないと思う。

「な、なんで和菓子屋に行きたいの？」

「私が一番好きな食べ物がどら焼きだから。好きな人と食べるどら焼きは多分格別」

そこまで瀬戸さんはどら焼きが好きだったのか。心なしかいつもよりも瀬戸さんの目が輝いているように見える。後で俊也に教えた方がいいか少し考えたが、一年以上瀬戸さんと交流のある俊也ならもう知っている気がする。

「それで本堂君は好きな人と一緒にどこに行きたい？」

好きな人と行きたい場所か。好きな人としたいことから考えた方がいいような気がする。

僕は好きな人と料理ができたら嬉しい。だから行きたい場所は……。

「スーパーかな」

「理由は？」

「好きな人と料理したいなと思って。そのためにはまず買い物する必要があるでしょ？」

「だからスーパー。納得した」

「変かな？」

なんとなく期待されていた答えとは違う気がして不安になる。

「一般的かどうかは分からないけど変ではないと思う」

「なら良かった」

「興味深い答えだった。せっかくだから本堂君がさっき言ってた好きな人としたいことやしてほしいことを次のテーマにする」

僕が安心している間に恋バナは次のテーマに移ったらしい。

「僕は手作りお弁当作ってもらったりしたら嬉しいけど瀬戸さんは何をしてほしいの？」

「……どんなことでもいいの？」

「常識の範囲内であればいいと思うよ」

瀬戸さんは一体どんなことをしてほしいと思っているのか。葛藤しているのか十秒ほど無言が続いた後に瀬戸さんが再び口を開いた。

「頭を優しく撫《な》でてほしい」

振り絞るような声でそう言った瀬戸さんの耳が、先ほどよりほんの少しだけ赤みを帯びているように見えたのは気のせいだろうか。

「おかしい？」

「ううん、全然変じゃないよ」

瀬戸さんは俊也に頭を撫でてほしかったのか。僕が思っていた以上に瀬戸さんは俊也に心を許しているらしい。俊也の恋を応援している身としては純粋に嬉しい。

「そう……」

俊也に瀬戸さんが頼めば頭を撫でるくらいしてくれそうだ。でも直接言えないからこそしてもらいたいこととして挙げているのだろう。なんというかもどかしい気持ちになる。

「本堂君は他に好きな人と一緒にしたいことないの？　例えば趣味とか」

「趣味か……」

「そもそも本堂君の趣味は何？」

「うーん。アニメを見ることかな」

「どんなアニメを見るの？」

思っていたよりも瀬戸さんが興味を示している。

「妹が見たいって言ったアニメを一緒に見ることが多いかな」

「本堂君って妹さんいるんだ。それに一緒にアニメ見るなんて仲が良い」

「そうかな」

他の兄妹についてあまり話を聞かないので仲が良い方なのかどうかは分からない。

「私はそう思う。それで妹さんと一緒にどんなアニメ見てるの？」

「最近だと『二十一グラムの違い』っていうアニメ映画を一緒に見たよ」

「『二十一グラムの違い』？　どんなアニメなの？」

「恋愛アニメだよ。簡単にあらすじを言うとね……」

主人公の男の子には幼馴染《おさなな じ》みがいた。主人公はその幼馴染みを好きになるのだが、中学生の時に病気でその子は亡くなってしまう。その死をきっかけに主人公は日々を無気力に過ごしていく。そんなある日、好きだった子の妹が主人公のもとに現れる。そして自分は亡くなったはずの幼馴染みだと主人公に言い放つのだった。

「どういうこと？　お姉さんが妹の体に乗り移ったの？」

「そうその子は言ってたね」

「なるほど、それで続きは？」

「これ以上言っちゃうと結構ネタバレになるけどいい？　見るつもりがないならいいけど」

瀬戸さんが口元に手を当てる。どうやら見るかどうか考えているみたいだ。

「……気になるから見てみたい」

「それならまだ続きは言わないでおくね」

「ありがとう。……話題がずれてる気がする」

「元々の話題は気になる人と一緒にしたいことだったよね」

「そうだった。本堂君はアニメを気になる人と見たりしたくはならない？」

それは今まで考えたことがなかった。頭の中でそのシチュエーションを想像してみる。

「……気になる人と同じアニメを見て感想を言い合えるのは楽しそうだね」

「確かに……。私も気になる人と好きな本について話せたら楽しいと思う」

俊也にそのことを直接言ってあげてほしい。そうすれば俊也ならどんなに分厚い本でも一日で読んでくることだろう。

「気になる人と一緒に趣味の話ができるっていいね」

「私もそう思う……」

瀬戸さんが話している途中で勢いよくドアが開く音がした。

「みんな、今日も元気でやってるかい！」

「もう少し静かに開けろ」

ドアの方を振り向くと、そこには元気な愛さんとうんざりした表情の陽介《ようすけ》さんがいた。

「愛さん、陽介さんこんにちは」

「こんにちは大輝《だいき》君、元気そうで何よりだよ！　澪《みお》ちゃんもいつも通りだね！」

「愛先輩静かに」

「澪ちゃん、もう少し先輩に優しくしてくれたりしてもいいんだよ？」

愛さんはそう言いながら部屋に入ってくると寝ている清水さんに素早く近づいていった。

「おーい、お寝坊さんなお姫様早く起きなさーい。あ、姫が起きるためには王子様のキスが必要？　しょうがないな大むぐっ……」

「誰がお寝坊さんだ」

清水さんは目覚めたかと思えば目にもとまらぬ速さで愛さんの口を片手で塞いだ。

「むぐぐ、むぐー」

愛さんがなんと言いたいのかは定かではないが、必死に抵抗していることは一目瞭然だ。

「放してやってくれ圭《けい》」

「……しょうがねえな」

陽介さんに説得され清水さんが愛さんの口から手を放した。

「ぷはっ、もう少しでロストするところだったぜ……。サンキュー陽介。やっぱ持つべきは優しい幼馴染みですな！」

「……やっぱり塞いだままの方が良かったな」

「もう一度塞ぐか？」

「ちょいちょい！　今日は重大発表あるから言わせてください！　私の口にチャックするのはそれからでも遅くないですよ！」

「重大発表？」

　愛さんは一体何を言うつもりなんだろうか。

「そう、なんと今日は重大発表が二つもあります！」

「さっさと言え」

「圭はせっかちだなぁ。まあワクワクドキドキしているみんなを待たせるのもあれなので、早速言っちゃいましょう！」

「誰もそこまで期待してねえよ」

　普段からテンションの高い愛さんだが今日はいつも以上にハイテンションだ。一体何を発表するつもりなのだろうか。

「まずは一つ目！　我らが天文同好会はこの度正式に天文部になりました！」

「おめでとう愛先輩」

　瀬戸さんが表情を変えずにパチパチと拍手をする。

「おめでとうございます。早いですね」

「頑張ったからね。主に陽介が！」

「堂々と言うな。まあ本堂君と圭が最初にここに来てから二週間以上かかったけどな。部員も顧問の先生も既に決まっていたから話自体は結構スムーズに進んだよ」

　生徒会長の仕事をしながら裏では天文部設立のために動いていたのか。どうりで部室になかなか来ないはずだ。

「これで天文部になったので同好会の時よりできることが増えます！」

「まあ今年度の予算はおそらく下りないから備品の購入とかはすぐには無理だけどな」

「そんなの些細《ささい》なことよ！」

「あの……一つ気になっていることがあるんですが聞いてもいいですか？」

「何、大輝君？　先輩に言ってみなさい？」

　愛さんがなぜか髪をなびかせた。

「物理的に先輩風吹かすんじゃねえ」

「前から気になってたんですけど、顧問の先生って誰なんですか？」

「そういえばまだ言ってなかったね。大輝君も圭も澪ちゃんもみんな知ってる先生だよ」

　僕たちの知っている先生？　一体誰なのだろうか。僕は先生たちがどの部活の顧問をしているか覚えていないので全く見当がつかない。

「もったいぶらずに教えろ」

「清水さんに同意」

「レディたちを待たせるわけにはいかないね。それじゃあ教えよう！　顧問の先生は湯浅《ゆあさ》先生だよ」

「湯浅か、マジかよ……」

湯浅先生は僕たち三人のクラスの担任の先生だ。男の先生で数学の授業を担当している。一年生の頃から僕や清水さん、瀬戸さんのいるクラスの担任をしていた。

「うんマジマジ、圭が部活に入るって言ったら感動して二つ返事でオッケーしてくれたよ」

「私をダシに使うんじゃねえ」

湯浅先生は優しくいい先生なのだが少々涙腺が緩い。またヤンキーと呼ばれている清水さんを非常に心配していて、清水さんが普通に授業を聞いているだけでも涙が出てしまうことがあるくらいだ。そのため清水さんからは若干鬱陶《うっとう》しがられている。

「湯浅先生が顧問になってくれれば私たちも幸せだし、湯浅先生も圭が部活を楽しんでる姿を見て安心できる。ほら、みんなウィンウィンじゃないですか」

「そのみんなウィンウィンの中に私が含まれてないいんだが」

「えっ、圭も大……」

「もう一度口塞がれたいか？」

愛さんが言い終える前に清水さんが今日一番低い声で問いかけた。

「待つんだ。私はとても賢い。黙ろうじゃないか」

「本当に賢い奴《やつ》はそもそもうかつに話さないんだよ。それで二つ目の重大発表はなんだ？」

「そうだった。まだ言ってなかったね。重大発表の二つ目は……ジャカジャカジャカジャカ……テテン！　屋上での天体観測が条件付きですが決定しました！　パチパチパチ……」

確か僕と清水さんに入部してほしい理由の一つが、屋上で天体観測がしたいからだと前に愛さんは言っていた。その屋上での天体観測がこんなにも早く実現するかもしれないとは予想していなかった。おそらく愛さんと陽介さんが陰で頑張っていたのだろう。

「それはいいけど条件ってなんだよ？」

「それはですね……陽介言っちゃいなさい！」

「なんで急に俺に振るんだ。まあいいか、条件は今度の中間試験に関係している」

「中間試験でいい成績とれってことか？」

「当たらずとも遠からずって感じだな。正確に言うと、天文部全員が今度の中間試験で総合四十位以内になることが天体観測のための条件だ」

「条件が厳しくねえか？」

うちの高校は一学年二百人以上在籍している。その中で全員が四十位以内を目指すのは結構難しい気がする。

「天文部はできたばかりの部活だからな。そんな天文部がいきなり夜の屋上で天体観測をする許可を得るためにはそれくらいの条件が必要だったんだよ。だからみんなにはいつも以上に試験に向けての勉強を頑張ってほしい」

「そう、頑張ってほしい！」

「特に愛、お前に言ってるんだぞ」

　場を和ませるための冗談かと思ったが、それにしては陽介さんの表情が暗すぎる。

「なんでさ、普段から赤点とは程遠い点数じゃないですか！」

「それはいつも俺が試験一週間前になって泣きついてきたお前に必死になって教えているからだろ！」

「ちょっと陽介、声が大きいって！　後輩たちには綺麗《きれい》で優しい先輩として頼りにされる予定なんだから！　営業妨害ですよ！」

「心配しなくても後輩たちから頼られる未来はもうない」

「ひどい！　そんなことないよね圭？」

　清水さんは頑《かたく》なに愛さんの方に視線を向けようとしない。

「圭さん？　お姉ちゃん何かしたかな？　なんで目を合わせてくれないの？」

　愛さんの質問に答えが返ってくることはなかった。

「もう、圭ったら相変わらず素直じゃないんだから。澪ちゃんは私のこと頼れる優しい先輩だって思って……」

「ノー」

「即答⁉　せめて最後まで言わせて⁉」

「答えは決まっているから聞く意味がない」

「ゲフッ……。鋭い一撃だ。私ほどの強靱《きょうじん》メンタルじゃなきゃ倒れてたね。全く澪ちゃんも恥ずかしがっちゃって。……大輝君は、大輝君だけは私のこと頼れる優しくて明るい綺麗な先輩だって思ってくれてるよね？」

愛さんの目は既にハイライトを失っていた。圧倒的な虚無がこちらを眺めている。今の僕ができることは……。

「はは……」

「大輝君⁉」

ぎこちない苦笑いが今の僕にできる最大の肯定だった。

「もう心がバキッと折れそう……。陽介、陽介は私に優しくしてくれるよね……」

愛さんの目には涙が浮かべられているように見える。

「急にそんな小動物みたいな目で俺を見るなよ。……まあお前も自分のことだけじゃなく周りのことを考えて動いてるときもたまにあるし、広義では優しいと言えるんじゃないか？」

その発言を聞いた瞬間、愛さんは笑顔を取り戻し勢いよく陽介さんに抱き着いた。

「私を褒めてくれるのは陽介だけじゃ〜。いつまでも私を褒めるのじゃ〜」

「いきなり抱き着くな！　分かったから離れろ！」

陽介さんが愛さんを引き剝がそうとする。こんなに焦っている陽介さんは初めて見た。

「嬉しいくせに〜」

「お前後輩がいること忘れてんだろ！　後で恥ずかしくなるのはお前だからな！」

「あっ」

愛さんがパッと陽介さんから離れる。愛さんの顔が少しずつ赤みを帯びていく。

「今見たことはみんな忘れてね！　あと私は誰にでも抱き着くわけじゃないんだからね！」

「大丈夫、ばっちり記憶した」

「澪ちゃん？　私忘れてって言ったばかりだよね？　何も大丈夫じゃないないよね？」

「記憶を消去するにはコンビニ限定抹茶どら焼きが必要」

「この子、私を脅す気!?」

「冗談。ただいざという時のために一応覚えておく」

「澪ちゃん、恐ろしい子……」

「二人で何コントしてんだよ」

清水さんが呆《あき》れた表情でツッコミを入れる。

「まあそういうことだからみんな試験勉強頑張ろうね！　というわけで重大発表終了！

後はいつも通りダラダラ話そうぜ！」

「試験勉強するんじゃねぇのかよ」

「それは明日から頑張るということで」

「それ、試験ギリギリまで勉強しない奴が言うセリフだからな」

「大丈夫だって、私はやる時はやるヒューマンですので。それで澪ちゃんや大輝君は私たちが来るまで何を話してたの？」

「それは……」

反射的に瀬戸さんの方に視線を向ける。瀬戸さんは無言で首を振った。どうやら恋バナをしていたことは愛さんや清水さんに内緒にしたいらしい。

「……僕のおすすめのアニメの話をしてたんですよ」

この言い方なら愛さんや清水さんも僕たちが恋バナをしていたとは思わないはずだ。

「へぇ〜、どんなアニメ見たの？」

「『二十一グラムの違い』っていうアニメ映画です」

「あっ、それ私も見たよ！　いいアニメだよね！　私すごく感動したもん」

確かに愛さんであればあのアニメを見て感動する姿も容易に想像できる。

「いやあ、ラストシーンで主人公が……むがっ」

愛さんの口は素早く移動した瀬戸さんの手によって塞がれていた。

「ネタバレ厳禁」

「むぐ……むぐー」

「……分かった。手を離す」

瀬戸さんは愛さんが何を言っているのか理解できたのだろうか。

「ぷはー、肺に空気が行き渡るぜ。澪ちゃん、まだ見てないならそう言ってよ」

「言う前に愛先輩が話し始めた」

「……確かに。ソーリー。それで『二十一グラムの違い』の話だったよね。いい作品だったから澪ちゃんもぜひ見てほしいな」

「うん、見るのが楽しみ」

「いい返事だ。見たら感想言い合おうぜ！」

それからこの日の天文部はずっと好きなアニメや漫画の話で持ちきりだった。


翌日、教室に着くとまだ清水さんは登校していないようだった。

「おう大輝、おはよう」

声のした方に顔を向けるとそこには俊也が立っていた。

「おはよう俊也、朝練はもう終わったの？」

「ああ、今日はいつもより少し早く終わったんだよ」

「そうだったんだ」

「それにしても聞いたぜ大輝。天文同好会、天文部になったんだって。良かったな」

「その情報をどこで？」

昨日、愛さんが僕たちに教えてくれたばかりの情報をなぜ俊也が知っているのだろう。

「さっき瀬戸さんに聞いた」

「なるほど」

「それにしてもいいなぁ。瀬戸さんと一緒に部活動できるなんて」

俊也は心の底から羨ましそうだ。

「今まであまり話したことなかったけど瀬戸さんって面白い人だよね」

「ついに大輝も気づいてしまったか……瀬戸さんと話す楽しさに。嬉しいような少しだけ寂しいような……。それで大輝は瀬戸さんとは何について話してるんだ？」

「えっと……」

さすがに瀬戸さんが俊也に向ける自分の感情が恋なのかどうか知るために、二人で恋バナをしているとは言えない。

僕が答えに迷っていると教室の後ろ側のドアが開く音がした。そちらに目をやると清水さんが教室に入ってくる姿が見えた。

「ごめん、もう行くわ。この話の続きはまた今度な」

「え？　う、うん」

俊也は足早に自分の席に戻っていった。

そして俊也と入れ替わりになるように清水さんが僕の近くまで来ていた。

「おはよう清水さん」

「……おう」

なぜだろう、今日の清水さんはいつもよりも元気がないような気がする。

「清水さん何かあった？」

「……急になんだよ。なんもねえ」

やはりいつもと比べて覇気がない気がする。それに睨《にら》んだ時の目に凄《すご》みがない。清水さんの目を注視しているとあることに気づいた。清水さんの目元が少し腫れているのだ。

目元が腫れる要因はいくつか考えられるが、その中でも一番有力なのは泣いた後に目元をぬぐうことだろう。つまり清水さんは泣いたと考えるのが妥当だ。問題はなぜ清水さんが泣いたのかだ。清水さんに一体何があったというのだろう。

「本当になんでもない？　何か困ってることがあったら聞くよ？」

「なんでもねえって言ってるだろ……。寝るから起こすなよ」

「先生来たら起こすね」

「起こさなくていい……」

そう言うと清水さんは眠りについてしまった。

この日はそれからも清水さんは元気を取り戻すことなく一日が終了した。

清水さんはなぜ泣いたのだろう。僕は家に帰ってからも自室でずっとそのことについて考えていた。前に告白された時、先輩に言われたことがやはりショックだったのか、それとも僕が全く知らないところで傷つくようなことがあったのか。

「お兄ちゃん」

ドアの方からノックの音と共に聞こえた声にハッとする。どれくらい清水さんのことについて考えていたのだろうか。慌ててドアを開けに向かう。ドアを開けた先に待っていたのは先ほどの声の主、妹の輝乃《きの》だった。

「どうしたの？」

「アニメ見よ」

「いいけど何を見たいの？」

「『二十一グラムの違い』」

輝乃がアニメを一緒に見たいというのは珍しいことではない。ただ僕には一つ気になることがあった。

「少し前に『二十一グラムの違い』は一緒に見たよね？」

輝乃が少しムッとした顔になる。

「見たけどまた見たいの」

「分かった。入って」

「……ありがと」

どの道このまま考え続けてもすぐに答えは出ない。それなら今は輝乃のお願いを聞いてあげた方がいい気がする。僕は輝乃を自室に迎えた。

『二十一グラムの違い』を見たのは二度目だったので全体の流れはもう知っていた。けれどまた見て良かったと思えるくらいには『二十一グラムの違い』は良いアニメだった。

「お兄ちゃん」

アニメが終わったタイミングで輝乃が僕に声をかけてきた。

「どうかした輝乃？」

「なんで髪いじってるの？」

「あっ」

無意識に僕は輝乃の髪をいじっていたらしい。

「ご、ごめん。ちょっと考え事してて」

「別にいいけど。それで最近どうなの？」

「なんのこと？」

「最近部活はどうなのってこと」

輝乃には僕が天文部に入ったことは既に話している。だから輝乃の質問は、不自然というわけではないがいきなりだったので少し驚いた。

「えっと、入ったばかりだけど楽しいよ」

「本当に？」

「もちろん、先輩も同級生も優しい人ばかりだし」

「そう……」

なぜか輝乃は不服そうだ。輝乃はそれ以上何も言わず僕の部屋から出ていった。

「なんだったんだろう？」

思い当たる節がない。僕は少し不思議に思いながら再び清水さんが泣いた理由について考えるのだった。


翌日の放課後、天文部の部室で僕は清水さんにどう話しかけるか考えていた。現在部室にいるのは僕と清水さんだけで、清水さんは黙々とスマホをいじっていた。清水さんの目元はまだ少し腫れたままだ。

今日も放課後まで清水さんが泣いた理由を考えていたが、候補はいくつかあっても、ど

れもこれだと確信できるほどではなかった。

「今日は瀬戸さんも愛さんも陽介さんもまだ来ないね」

悩んだ結果、当たり障りのないことから話していくことにした。

「瀬戸は図書委員の当番で愛と陽介は多分生徒会だろ」

「そうだとしたら三人ともまだ来るのは先になりそうだね」

「ああ」

会話が途切れる。僕はこんなに話が苦手だっただろうか。このままでは永遠に清水さんが泣いていた理由が分からない。僕は意を決し本題を切り出すことにした。

「清水さんちょっといいかな？」

「なんだよ、改まって」

「教えてほしいことがあるんだ」

「言ってみろ」

「清水さんその目元の腫れどうしたの？」

「なっ……」

清水さんの顔がなぜか徐々に赤く染まる。

「何かあったんじゃない？　困ってることがあるなら僕に言ってほしい」

「こ、困ってることなんてねえ。それにあったとしてもお前には関係ないことだろ！」

清水さんは明らかに動揺している。僕には何もなかったとは思えない。

「関係あるよ。清水さんが悲しい思いをしてたら僕も悲しいから」

「本堂……」

「だから清水さんが思ってること僕に教えてほしい。僕もできることなんでもするから」

清水さんの手を両手で覆うように握る。

「お、お前、手……。それになんでもするなんて、そんなこと簡単に……」

先ほどよりも更に清水さんの顔が赤くなっている。

「簡単じゃないよ！　僕にとって清水さんは大切な人だから。清水さんが悩んでいるのに何もできないのは嫌だから」

ガタッという音が部屋中に響く。反射的に音がした方向に目をやると音源はドアのようだった。よく見るとドアはいつの間にか少しだけ開いている。そのことに気づいた清水さんが僕の手を強引に引き離す。

「おい、そこにいる奴、出てこい」

数秒ほどしてからドアがゆっくりと開く。そこにいたのは誰がどう見ても愛さんだった。

「いつから見てた」

「え？　今来たところだから何も知らないよ？」

「嘘《うそ》つけ、本当のことを言え」

清水さんが眉間にしわを寄せて愛さんを睨みつける。

「大輝君が、他の人来ないねって言ったところからであります！」

「最初からじゃねえか！」

「だって二人きりの時間を邪魔するのはどうかって思ったものですから」

「本心は？」

「来てみたらなんか面白いこと起きそうだから少し外から観察してようかなと」

「おい」

知らないうちに僕も清水さんも愛さんの観察対象になっていたようだ。

「まあその件はちょっと置いておいて、圭も目元が腫れちゃった理由言ってあげてもいいんじゃない？　大輝君、本当に心配してたみたいだし」

「愛さんは知ってるんですか？」

「もちろん、圭が泣いてたところ私見てたもん」

一体どういうことだろう。清水さんが泣いていたことを知っている割に愛さんは平然としている。

「おい、勝手に言うんじゃねえぞ」

「それなら圭が自分でいいなよ」

「ぐっ……分かった」

「大丈夫？　言いたくないなら言わなくてもいいよ？」

正直気になるけど清水さんに無理をさせてまで聞こうとは思わない。

「……いい、別に隠すほどのことじゃねえ。ただ人には言うなよ」

「それはもちろんそうするけど……」

「ならいい、私の目元が腫れてんのは……を見たからだ」

声量が段々落ちていったため後半部分がよく聞き取れなかった。

「ごめん、清水さんもう一度言ってもらっていい？」

清水さんはゆっくり深呼吸をして口を大きく開いた。

「に、『二十一グラムの違い』を見たからだよ！」

「……えっ」

まさかこのタイミングで『二十一グラムの違い』の話が出るとは思わなかった。僕が呆《ぼう》然《ぜん》としていると清水さんの隣で愛さんがクスクスと笑っていた。

「圭ったら『二十一グラムの違い』一緒に見てたら急にボロボロ泣き始めるんだもん。あの時は本当にびっくりしちゃったよ」

「詳しく説明しなくていい！　ただ油断してちょっと涙が出ただけだ」

「ちょっとっていう量じゃないでしょ。圭の涙腺崩壊しちゃったのかと思ったもん」

「だからいらんことを言うな！　本堂が勘違いするだろ！」

勘違いも何も、清水さんが『二十一グラムの違い』を見て泣いたのは事実だと思うのだけど。ただ清水さんと愛さんの発言を聞き体の力が抜けた。机にゆっくりと伏せる。

「良かったぁ」

「いきなりどうしたんだよ。というか何がいいんだ」

「清水さんが目元を腫らしてたから、何か悲しいことでもあったんじゃないかってずっと心配してたんだけど、それが杞憂《きゆう》で良かったなって思って」

「なっ」

「清水さんが僕の知らない所で悲しい思いをしてなくて良かった」

「お、おう」

「顔を紅に染めちゃって可愛《かわい》いなぁ。心配してくれてありがとう大輝君、って言い忘れてるぜお嬢さん」

「誰がお嬢さんだ」

愛さんと清水さんの姉妹漫才がいつも通りで安堵《あんど》していると再びドアが開く音がした。ドアの方に目を向けるとそこにいたのは瀬戸さんだった。

「こんにちは」

「ハロー、澪ちゃん。ちょい遅かったね」

「授業で分からなかった部分を先生に聞きに行ってた」

「そういうことかい。まあ座りなよ」

「そうする」

瀬戸さんが空いている席に座る。

「なんの話をしてたの？」

「『二十一グラムの違い』の話だよ。清水さんも見たんだって」

これなら『二十一グラムの違い』を見て清水さんが泣いていたことまでは分からないだろう。

「私も昨日見た」

「澪ちゃんも見たんだ。どうだった？　面白かった？」

「面白かったと思う」

「それは嬉しいね。圭に聞こうか。ラストシーンで主人公が告白したところどうだった？」

「なんでいきなりそんな質問するんだよ」

「なんとなく？」

「適当すぎるだろ。まあ二人が結ばれて良かったんじゃないか？」

「そうだよね。あそこでようやく二人が結ばれて私も本当に嬉しかったよ。圭もあんな風に告白されたい？」

「は？　い、いきなり何言ってんだ！」

清水さんは予想していなかった質問にかなり動揺しているように見える。

「好きな相手に告白される光景を誰しも一度は夢見るじゃないですか？　圭の場合、それはどんな感じなのかなと気になった次第であります。大輝君も気になるよね？」

「え？」

「気になるよね？」

「は、はい」

愛さんの圧が凄くて反射的に返事をしてしまった。ただ確かに清水さんが憧れる告白のシチュエーションは気になる。

「だって圭。大輝君に教えてあげてよ。圭が告白されるならどんな風に告白されたいのか」

「それは……」

「それは？」

「それは……」

全員の視線が清水さんに集まる。清水さんと目が合う。その目は何か言いたげだったけど、残念ながら僕には清水さんが何を言いたいのかまでは分からなかった。そのまま数秒ほどが経《た》った後、清水さんは突然自分のカバンを手にしてダッシュでドアに向かっていった。

「あっ待て、圭さん逃げるおつもりか！」

「逃げるわけじゃねえ！　告白なんてもうこりごりだからされても嬉しくないだけだ！　もうこれ以上今日は話すことはねえから帰る！」

　そう言って清水さんは廊下に姿を消した。

「ちっ、逃がしたか。圭の俊敏さを侮っていたぜ」

　愛さんは逃走中の犯人を逃がしたかのように悔しがっている。

「本人も言ってましたけど、そもそも告白されるのがもう嫌なんじゃないですか？」

「それは少し違うよ。確かに知らない人から告白されるのは嫌かもしれないけど、好きな人からの告白なら圭だって嬉しいはずだよ」

「そうなの？」

「だと思うよ。まあ澪ちゃんにはまだ理解できないかもね」

「ムッ」

　瀬戸さんは口ではムッと言っているが表情はまるで変わっていない。

「それにしてもせっかくのチャンスをムダにするとは我が妹様もまだまだですな」

「なんの話ですか？」

「おっきい独り言だから気にしないで。それよりも話の続きしようぜ」

　帰るまでの時間、二人と『二十一グラムの違い』の感想を語り合うことになった。

※　※　※

「なんで私はいつもこうなんだ……」

夜、自室のベッドの上で誰に言うわけでもなく呟《つぶや》く。

「せっかく本堂と語り合うチャンスだったのに……」

本堂が一緒にアニメについて語り合えたら嬉しいというので、話の中に出てきたアニメである『二十一グラムの違い』を愛と一緒に見ようとしたところまでは良かった。問題はそのアニメに思ったより引き込まれてしまったことだ。ヒロインをいつの間にか応援していて、物語の終盤、気づけば目から涙が流れていた。

(あの子の健気《けなげ》な姿見て泣いちまうのは仕方ねえだろ)

目元の腫れは一夜経っても全然引かず、本堂にはすぐに気づかれ心配をかけてしまった。ただ目元が腫れていることなど一日経てば本堂は忘れてしまうだろうと思っていた。

(アイツあんなに私のこと心配してくれていたなんて)

本堂は想定していた何倍も私のことを気にかけてくれていた。なぜ本堂はこんな私にも優しいのだろうか。勘違いしてしまいそうになる。

(違う、アイツはきっと誰に対しても優しいんだ)

それが悪いとは言わないし言えない。ただほんの少しだけ寂しくなるだけだ。私はなんて身勝手なのだろう。優しい本堂が好きなはずなのに、アイツが他の誰かに優しくする姿を想像して胸が苦しくなるなんて。自分で自分が嫌になる。

思わずため息をつこうとしたタイミングで勢いよく自室のドアが開いた。

「オラァ、お姉さまの登場でぃ！」

思考の負の連鎖は大馬鹿者の登場により強制的に断ち切られた。

「……はぁ」

「せめて何か言ってくださらない⁉　せっかくお姉ちゃんが心配して来たというのに！」

「うるせえ、お前に心配されることなんてねえよ」

「嘘だぁ、今日の天文部での出来事を思い出した後、少し悲しい気持ちになってたでしょ」

「ぐっ……」

なぜこの姉は私の考えていたことが分かるのだろう。

「図星だね。ほらお姉ちゃまに言って楽になりなさい？」

「断る。とっとと帰れ」

「そんなぁ、まあ時間も時間だし言いたいことだけ言って帰るね」

「お、おう」

珍しく愛がこちらの要求を呑んでくれている。少し調子が狂う。

「今日、圭と大輝君が二人で話してる姿見て確信したよ。大輝君は圭のことをすごく大切に思ってる。圭は大輝君に滅茶苦茶《めちゃくちゃ》愛されてるよ」

「……は？」

「よし、言いたいこと言い終わったから帰ります。シーユーネクスト！」

「ちょっと待……」

私が引き留める前に愛はスッキリした顔で部屋から出ていった。

「なんだよ本堂に愛されてるって……」

答えをくれる者はもう誰もいなかった。

中間試験およそ一週間前の午後、僕たち天文部は部室に全員集まり試験勉強をしていた。愛《あい》さんの提案によって天文部全員で集まり勉強会をすることになったからだ。

部屋の中心にある合わせた二つの長机の周りに五つのイスが置かれていて、僕の正面に清水《しみず》さん、右隣に瀬戸《せと》さん、瀬戸さんの正面に愛さん、僕から見て愛さんの右隣に陽介《ようすけ》さんという形で座っていた。

「もうダメだぁ〜」

試験勉強を開始して十分ほど経《た》った頃、愛さんが早くも音を上げた。

「まだ始まったばかりだろ。頑張れ」

「そりゃあ頑張るよ、天体観測のためだもん。ただなんかまだエンジンかからないんだよね」

「はぁ……どうしたらエンジンかかりそうなんだ？」

陽介さんがため息をつきながらも子供に問いかけるように優しく尋ねる。

「……何言っても怒らない？」

親におねだりする前の子供のように愛さんは陽介さんの顔色を窺《うかが》っている。

「怒られるようなこと言うな……と言いたいところだが、それだと話も試験勉強も進まないからな。できるだけ平静を保つ努力はする」

「ありがとう陽介！　じゃあ言うね！　この中間試験の成績が良かったら……何かご褒美が欲しいです！」

「愛、お前な……」

陽介さんは呆《あき》れた顔で愛さんを見つめている。

「あれ、陽介どうしたんだいそんな暗い顔して？」

「誰がこんな顔にしたと思ってるんだ」

「陽介のお父さんとお母さん」

「今、絶対遺伝子の話してなかっただろ」

清水さんがツッコミを入れる。我慢できなかったのだろう。

「そもそもなんで俺がお前にご褒美あげなきゃいけないんだ」

「え？　天体観測のため？」

「天体観測がしたいのはどちらかというとお前だろ」

「それはそうなのですが……」

「……はぁ」

　陽介さんが再び小さくため息をついた。

「しょうがないな。お前がやる気なさそうにしていると、それを見てる他の部員のやる気も下がるかもしれない。だから今回だけはお前の要求を吞む」

「陽介！」

　愛さんの表情がぱぁっと明るくなる。

「ただしあまり高いものはダメだからな」

「もちろんですとも！」

「あと目標点数はどうする？　さすがにいつも生徒会役員に課されている目標点数よりは上にしろよ」

　生徒会の役員には試験の時に目標点数が設定されていたのか。知らなかった。

「も、もちろんですとも……。その目標としてる総合点にプラス十点とか？」

「この期に及んで点数刻もうとするな。まあ目標点数にプラス三十点でどうだ？」

「陽介さん、私がいつもギリギリで生徒会の目標点数達成しているのをご存じで？」

「いつもお前に試験前勉強教えてるのは俺なんだから誰よりも知ってるわ。その上で人からご褒美を貰《もら》おうとするならそれくらい頑張れと言っているんだよ」

「むむむ……」

愛さんが陽介さんを見つめているが効果はないようだ。

「分かりました。生徒会役員が目標にしてる総合点プラス三十点で手を打ちましょう！　ただそれを達成したらご褒美絶対ちょうだいね！」

「ああ、二言はない。俺が叶《かな》えられる範囲でなんでもしてやる」

「皆の衆、確かに聞いたよね？　陽介なんでもするって言ったよね？」

「聞いた」

瀬戸さんが表情を変えることなく肯定する。

「叶えられる範囲って言っただろ。都合よく言葉を削除するんじゃない」

「そんな無理難題は言わないから安心してよ」

「本当か？　まあダメだったらダメって言えばいいか」

なんだかんだ言っても陽介さんは愛さんに甘い気がする。

「よーし、ご褒美があるってなったらやる気三倍ですよ！　みんな、天体観測に向けて試験勉強頑張るぞ！　オー！」

「オ、オ〜」

愛さんが右腕を上へ勢いよく突き上げる。

「オー」

「オ、オー」

僕と瀬戸さん、それに陽介さんが愛さんに少し遅れて右手を突き上げる。

「ちょっと圭《けい》、ここはみんなでオーの流れでしょ！」

「誰がするか！」

清水さんは少し恥ずかしかったようだ。

「もう圭ったら恥ずかしがり屋さんなんだから。まあいいや、それでは勉強会再開！」

その一声をきっかけに再び全員が教科書やノートに目を移した。


「本堂《ほんどう》君ちょっといい？」

「どうしたの瀬戸さん」

勉強会が再開して三十分ほど経った時、瀬戸さんに声をかけられた。

「分からない部分があるから教えてほしい」

「いいけど陽介さんや愛さんに教えてもらった方が……」

視線を陽介さんと愛さんの方に向けると、今は陽介さんが愛さんに何か教えている最中のようだった。僕以外に後は清水さんに聞くということもできるが、まだ瀬戸さんは清水さんに苦手意識があるのかもしれない。

「愛先輩と坂田《さかた》先輩に今は声かけづらい」

「そうだね。僕が分かる範囲であれば教えるよ」

「ありがとう。分からないのは……」

瀬戸さんの不明だった点はなんとか僕でも説明ができる部分だった。

「そこはね……」

教科書とノートを使って瀬戸さんに説明をしていると、なぜかどこからか視線を感じた。周囲を見回すが誰も僕の方を見ていない。

「本堂君どうかした？」

「ううん、気のせいだったみたい。続きを説明するね」

説明を再開する。するとやはりどこからか見られている気がした。今度は素早く周りを確認すると清水さんと完全に目が合った。

「清水さん？」

「な、なんでもねえよ！」

「そう？」

「本堂君、続きを教えてほしい」

「うん、分かった。それでここは……」

なんでもないと当の本人が言っているから、清水さんがこちらを見ていたのはきっと偶然だろう。僕は再度瀬戸さんへの説明を始めた。

「よく分かった。本堂君ありがとう」

「それなら良かったよ」

瀬戸さんの理解力が高かったこともあり説明は思っていたよりも早く終了した。

「また分からない部分があったら聞いてもいい？」

「僕が説明できるところなら大丈夫だよ」

「了解、ではまたよろしく」

「うん」

こうして僕と瀬戸さんはまた各々の試験勉強に戻った。

「圭さん怖い顔してますよ？」

「……してねぇ」

「してたって。鬼の形相だったよ。角生えてないか確認したもん」

「生えてなくて残念だ。生えてたらお前に頭突きしたのに」

「マイフェイスに風穴開けるおつもり⁉」

陽介さんの指導が終わったのか、今度は愛さんと清水さんによる姉妹漫才が始まった。

「もう圭もやきもち焼いちゃって可愛《かわい》いなぁ」

「そんなもん焼いてねぇ」

「焼いてるよ。ねえ陽介？」

「そんなこと言ってる暇があったら勉強しろ」

「と言いつつ否定はしない陽介なのであった」

清水さんたちの方に目をやると清水さんは陽介さんを睨《にら》み、陽介さんは清水さんから目を逸《そ》らしていた。これ以上見てはいけない気がしたのでノートに目を戻す。

「素直になればいいのに」

「う、うるせぇ」

「まあできたら苦労しないか」

「しばくぞ」

「おお怖い。お姉ちゃんは勉強に戻りますかね」

姉妹の会話は終わったようで部室には再び静寂が訪れた。


(あれ、この問題どうやって解くんだろ?)

部屋が静かになってからまたしばらく経った頃、今度は僕がつまずいた。教科書やノートを再確認して考えてみるがどうしても解き方が分からない。

(このままだと埒《らち》が明かないから誰かに聞こう)

幸い今であれば誰も話していないから誰に聞いても問題はないはずだ。僕は少し考えてある人物に声をかけることにした。

「清水さん、少しいいかな？」

「なんだよ」

「分からない問題があるから教えてほしいんだ」

「なんで私なんだよ。今なら私より頭いい陽介も暇だぞ」

清水さんにいきなり呼ばれた陽介さんがこちらに視線を向ける。

「暇って言うな。試験勉強しているだろ。もちろん分からない問題があるなら教えるが」

「ちょっと陽介！　何、優しい先輩感出してるの！　今はその時じゃないでしょ！」

「す、すまん」

なぜか陽介さんが理不尽な理由で愛さんに怒られている。

「なんていうか清水さん頼りやすかったからつい……。迷惑だったかな？」

「そ、そこまでは言ってねえだろ！　ったくしょうがねえな。どこが分からないんだ？」

「えっと、ここの問題なんだけど……」

「おい、何ニヤニヤしてんだ愛」

愛さんの方を見ると確かに愛さんは生ぬるい笑みを浮かべて清水さんを見ていた。

「席移動したら？　二人ともその位置だと教えるのも教わるのも大変じゃない？」

確かに今は清水さんが向かいにいるけど、隣にいた方が教えてもらいやすい気はする。

「それなら私が清水さんと席を交換する」

名乗りを上げてくれたのは僕の隣に座る瀬戸さんだった。

「瀬戸さんいいの？」

「問題ない。分からない部分があれば愛先輩……の隣にいる坂田先輩に教えてもらう」

「あの澪《みお》ちゃん？　我、三年生ぞ？　君たちの試験範囲一年前に学んでるぞ？」

「学んでると教えられるは違う」

「ぐはっ……いい一撃だ。今日のところはここまでにしてやんよ……」

「清水さん席交換しよう」

「お、おう」

こうして清水さんは僕の隣の席、瀬戸さんは愛さんの隣の席へと移動した。

「それじゃあ清水さん改めてよろしくね」

「ああ」

「それでさっきも言ったんだけど、この問題が分からなくて」

「その問題か。それは……」

清水さんが教科書を用いて僕が分からなかった問題を分かりやすく解説してくれる。

時々授業をサボることもある清水さんだが勉強ができないというわけではない。その証拠に、僕は試験の成績が原因で清水さんが先生に呼び出されているところを見たことがない。

おそらく家でいつもコツコツ勉強しているのだろう。

「……すれば答えを導ける。分かったか」

「うん、ありがとう清水さん。分かりやすかったよ」

「そ、そんな難しい問題じゃねえからな。……他には分からない問題ねえか？」

「え？　えっと、ちょっと待ってね」

教科書にある問題を見ていくと、また解き方が分からない問題が見つかった。

「この問題も分からないから教えてほしいな」

「その問題は……」

教科書を見るために清水さんが僕の方に体を寄せてくる。顔も僕の顔にかなり近い。

「し、清水さん!?　少し近いんじゃない？」

「あ？　あっ……」

清水さんもようやく気づいたのか慌てて距離をとる。どうやら無意識だったらしい。

「悪い……。教科書見るのに集中してた……」

「僕もごめん。教科書、清水さんの方に寄せればよかったね」

夏が少しずつ近づいてきたからだろうか。顔が熱い。そんなことを思っていると、またどこからか視線を向けられている気がした。周りを確認すると今回の視線の主は清水さんではなかった。

「なぜこちらを見ているんですか愛さん？」

「愛《う》い、愛いのう」

「なんかムカつくから表出ろ」

愛さんの一言によって清水さんは既に臨戦態勢へと突入していた。

「そんなぁ、二人の初々しさと可愛さに感動してつい愛いって思わず言ってしまっただけではないですか！」

「それがムカつくって言ってんだろ！」

「まあ落ち着け圭。愛だって悪気があって言ってるわけじゃ……。いや、それでもダメか」

「フォローしてくれるなら最後までフォローして!?」

「すまん愛。俺にはお前を助けるのは無理だ」

「潔く諦める方に舵《かじ》を切らないで!?」

「ほら、とっとと廊下に出ろ」

「ヒェッ、マジでお怒りじゃないですか！」

僕にも清水さんの眼光はいつにも増して鋭いように見える。

「ごめんなさい！　私が悪かったよ！　本当に許してほしいっす！」

愛さんは顔の前で手を合わせ清水さんに向かって謝罪した。清水さんは一瞬だけなぜか僕の方を見た後、愛さんの方に視線を戻した。

「……次はないからな」

「押忍《おす》！　ありがとうございます！」

どうやら清水姉妹による争いは行われることなくなんとか終了したらしい。

「……本堂」

「どうしたの？」

「続きやるぞ。どこが分からないか教えろ」

「うん！」

それから特に大きな問題が起きることはなく、途中途中休憩を挟みながら僕たち天文部は試験勉強を続けたのだった。


「よし時間も時間だし今日の勉強会はここまでにしよう」

そろそろ帰ろうかと思っていた時、ちょうど陽介さんが僕らに声をかけてきた。

「長かった～。もう一生分勉強した気がするよ」

愛さんが人形の糸が急に切れたかのように机に突っ伏した。

「まあ確かに愛にしては長時間よく頑張ったな」

「でしょ！　これでテストは全教科満点待ったなしだぜ！」

「調子に乗りすぎだ。まだお前へのご褒美も確定したわけじゃないんだから、家に帰ってもコツコツ勉強するんだぞ」

「え～、まだ家でも勉強しろと？　……まあご褒美のためですから頑張りますか！」

愛さんのやる気はご褒美によって大きく向上しているみたいだ。

「あっ、そうだ。いいこと思いついた！」

「……嫌な予感がするんだが」

「なんでさ！　本当にいいことだから！　ああ、でも陽介は関係ないかも」

「なら安心だ。ただ後輩に迷惑かけるなよ」

「陽介め失礼な奴《やつ》じゃ。では残りの可愛い後輩ちゃんたち、私のお話を聞いておくれ」

「なんですか？」

僕は話を聞くため顔を愛さんの方に向けた。

「あの、大輝《だいき》君はいいんだけど、なんで残りのキュートな後輩ちゃんたちは無言で教科書やノートを片づけているのかな？」

「お前の話なんて聞くだけムダだろ」

「同意。こういう時の愛先輩はスルー推奨」

「そろそろ私の涙腺限界突破しそうなんですけど⁉」

このままだと本当に愛さんなら泣き出しかねない気がする。早くなんとかしなくてはと思っていると陽介さんが口を開いた。

「愛、泣く前に用件言っとけ。圭も瀬戸も一応用件だけは聞いてやってくれ」

「……短く分かりやすく言えよ。もう帰るんだから」

「坂田先輩が言うなら仕方ない。愛先輩は何を言いたかったの？」

「圭、澪ちゃん……」

愛さんは感激しているように見える。陽介先輩の一声で清水さんも瀬戸さんも話を聞く態勢になった。やはり生徒会長なだけあって陽介先輩は他の人を動かすことに長《た》けているのかもしれない。

「それでは発表します！　今回の中間試験で一番総合成績が良かった後輩ちゃんには……なんと私からご褒美をあげたいと思います！　イエーイ！」

「……盛り上がっているのはお前だけだが大丈夫か？」

「そんなことない……ってあれ本当だ。思いのほか皆冷静である」

話を聞く時は手を止めていた清水さんも瀬戸さんも再び教科書やノートを片づけている。

「圭、なんでそんな冷たいの！」

「お前のご褒美なんて碌《ろく》なもんじゃねえだろ」

「圧倒的な信頼のなさ！　……澪ちゃんはそんなこと思ってないよね？」

「もちろんそう思ってる」

「誰か私を信じてくれる人はいないの!?　大輝君は私からのご褒美嬉《うれ》しいよね？」

愛さんの目は心なしかうるんでいる気がする。

「は、はい。きっと嬉しいと思います」

人から何かを貰うことが嫌だとは基本的に思わないから別に嘘《うそ》ではない。

「ジーン！　そうだよね！」

感動して口からジーンという人を初めて見たかもしれない。

「圭に澪ちゃん聞いた？　大輝君は私からのご褒美ならなんでも嬉しいってよ！」

「なんでもとは言ってねえだろ」

「もう圭と澪ちゃんにはご褒美あげないから！　大輝君だけにあげちゃうよ！」

「別にいいけど結局ご褒美ってなんなんだよ？」

「あっ、それ言うのを忘れてた！」

確かにご褒美の内容まで詳しく説明されていなかった。

「ご褒美はねぇ。一つだけ願いを叶える権利です！」

「えっ？」

「は？」

「え？」

僕と清水さん、それに瀬戸さんがほぼ同時に声を出した。

「愛、お前今なんて言った？」

「お、興味が出てきたかい？　ならもう一度言うからよく聞きなよ！　私からのご褒美は一つだけ願いを叶える権利です！」

「おい、愛。そんなに大きく出ていいのか？」

陽介さんは心配そうに愛さんを見つめている。

「大丈夫だって陽介。うちの後輩ちゃんたちはいい子ばっかりだし、そんな私が困るようなお願いはしてこないって」

「それはそうかもしれないが……」

「愛先輩、質問」

瀬戸さんがすっと手を上げた。

「お、何かな、澪ちゃん」

「コンビニ限定生クリーム入りどら焼きを奢《おご》ってもらうことも可能？」

「それくらい造作もなきことよ」

「コンビニ限定抹茶どら焼きとのセットも？」

「もちろん……って澪ちゃんどら焼き好きすぎない？」

僕も愛さんと同じことを思った。瀬戸さんはそこまでどら焼きが好きなのか。

「どら焼きはおいしいから仕方ない。分かった、私も参加する」

「よしもう一人参加者ゲット。ほら二人参加するから参加者は先着であと一人までだよ！急いで！」

二人ということは、もう参加者として僕はカウントされているらしい。

「そもそも参加できる奴あと私しかいねえじゃねえか！　……別に私はお前にしてほしいことは何もない。もう片付けも終わったし帰るぞ」

「……それはどうかな？」

「何がだよ？」

「圭の欲していることで私が協力できることがあると言ってるんだよ」

愛さんが胸を張る。目が胸部にいきそうになったので僕は慌てて視線を逸らす。

「……欲することってなんだよ。言ってみろ」

「それではしばしお耳を頂戴」

そう言うと愛さんは清水さんの横に移動し数秒ほど何か耳打ちしていた。

「なっ……」

「どう？　圭にも悪い話ではないと思うんだけど」

「ぐぬぬ……」

清水さんはかなり葛藤しているように見えた。

「……分かった。私もその勝負乗ってやる。ただ言ったからには絶対叶えろよ！」

「オフコース！　それじゃあ全員参加決定！」

こうして僕たち三人は、愛さんからのご褒美をかけて中間試験の総合点で勝負をすることになった。そういえば僕だけお願いを言っていなかったけど大丈夫だろうか。

中間試験一日目の朝、教室に着くとそこには既に多くの生徒がいた。それなりに勉強してきて余裕のある者、あまり勉強しなかったために不安になりその不安を友人と話すことで紛らわそうとする者、誰とも話さず一人で教科書を食い入るように見ている者など様々だ。

「おはよう俊也《しゅんや》」

「おーい、大輝」

「おはよう。大輝は勉強したか？」

「うん、いつもよりはしたつもりだよ。俊也は？」

「俺はいつも通りかな」

俊也のいつも通りは課題以外ほとんど勉強していないということだ。これが俊也以外の友達であれば心配になるが、俊也であれば大丈夫だろうと思えてしまうのが俊也のすごいところだ。実際、俊也はそれだけの勉強量でいつも僕より試験での成績が上である。

「そういえば瀬戸さんから聞いたけど天文部は勉強会開いてたんだろ？　いいなぁ、瀬戸さんと一緒に勉強会なんて……。俺だったら何時間でも勉強会できるわ」

「ははは……」

思わず苦笑いしてしまった。確かに瀬戸さんと一緒という条件なら、俊也であれば喜んで毎日勉強しそうだ。

「あと今回は天文部二年の中で一番成績が良かった奴が愛さんにお願いを叶えてもらえるんだって？」

「瀬戸さんそこまで言ったんだ」

「ああ、瀬戸さんにしては珍しく燃えてたぜ。愛さんにどら焼きを奢ってもらうんだって。俺がどら焼き奢ってあげたくなるほど可愛かったわ」

気を抜くと俊也からは瀬戸さんラブな発言がすぐ飛び出すので、周囲に気を配らなくてはいけないことを忘れていた。慌ててあたりを確認するが幸いみんな試験の話ばかりしていて、僕たちの話は聞いていないようだ。

「それで大輝はもし天文部の中で成績一番が良かったとしたら、何を愛さんにお願いするつもりなんだ？」

「僕？」

「その顔は全然考えてなかった顔だな。そしたら大輝はなんのために今回いつもより勉強したんだよ？」

「え？　天文部が天体観測するためには四十位以内に入る必要があるから……」

「それは天文部の都合だろ？　お前自身がしてほしいこととかないのか？　ほら前に少し

話したお弁当作ってもらいたいとかさ」

「それもほぼ叶ったし……」

「叶ったってどういうことだ？」

「俊也に言ってなかった？　少し前に俊也がミーティングでいなかった時にお昼代忘れて、清水さんにお弁当貰ったんだよ」

　偶然ではあるけど前にお昼代を忘れてしまった時に清水さんに手作り弁当を貰ったことがあった。そのおかげで手作り弁当が食べたいという欲求は今の僕にはあまりない。

「……なるほど。俺がいない時にそんなことがあったのか。それにしたって大輝は欲がないというかなんというか。普通、愛さんにお願い叶えてあげるなんて言われたら他の野郎どもなら黙ってないぞ。まあ俺は興味ないけど」

「人になんかしてもらうのって申し訳ないと思っちゃうんだよね」

「そこは大輝の美点であり弱点な気がするな。知らん人ならともかく、知っている人からの好意はもうちょっと軽い気持ちで受け取っていいと思うぞ」

　俊也は俊也なりに僕のことを心配してくれているらしい。

「……そうだね。もし天文部二年生の中で成績一番良かったらご褒美の内容考えてみるよ」

「それでよし！　人間叶えたい夢は多い方がいいからな！」

　何かと夢を語りたがる俊也らしい言葉だ。

「そういえば話は少し変わるが清水さんが最近噂《うわさ》になってること知ってるか？」

「知らない。清水さん何かした？」

「安心しろ。悪い噂じゃない。清水さんが職員室……」

俊也が話し終える前に教室の後ろのドアがゆっくりと時間をかけて開いた。

「ん？　誰か来たか？　……すまん大輝、俺そろそろ行くわ」

そう言うと俊也は自分の席へと早歩きで戻っていった。その代わりにゆっくりゆっくりと僕の席にとある人物が近づいてきた。

「お、おはよう清水さん」

「……おう」

その人物とは清水さん、より正確に言うならばドス黒いオーラを纏《まと》った清水さんだった。

「今日の清水さんいつにも増してヤバくないか？」

「おい、聞こえるだろ。俺は何も言ってないからな。何かあったら全責任をお前が負えよ」

「薄情者！　絶対お前だけは道連れにしてやるからな！」

いつもとは明らかに様子が違う清水さんにクラスメイトの大半が注目している。そんなクラスメイトたちを清水さんは怒鳴るわけでもなく無視するわけでもなくただ一瞥《いちべつ》した。

「ヒィッ……」

誰のものか分からない悲鳴が聞こえる。清水さんの目には一切の光が宿っていなかった。

そこにあったのは圧倒的な虚。恐ろしいまでにドス黒い二つの眼がそこにはあった。

「清水さん、大丈夫？」

「……平気だ」

多少時間はかかるけど一応返事はしてくれる。ただその目を見るとやはり心配になってしまう。

「そう？　ならいいけど……。今日は早く帰ってゆっくり休んだ方がいいよ？」

「……ああ」

そんな会話をしているとチャイムが鳴り湯浅《ゆあさ》先生が教室に入ってきた。

「それじゃあお互いに中間試験頑張ろうね」

中間試験という言葉を聞いた時、一瞬だけ清水さんの目に生気が宿ったように見えた。

「……今回の中間、お前にも瀬戸にも絶対負けねえからな」

「え？　うん」

もしかすると清水さんの様子がおかしかったのは中間試験のせいなのだろうか。

それから数日間、僕たちのクラスでは異様な緊張感の中で中間試験が行われた。俊也曰《いわ》くクラスメイトの大部分が早く試験期間が終わり、清水さんの圧から解放されたいと言っていたという。一方、僕はずっと清水さんのことが気になりながらも中間試験をこなしていき、天文部での勉強会のおかげもあってかいつも以上の手応えを得ていた。

試験最終日、最後の科目が終わる頃には、清水さんから試験が始まった時ほどの圧を感じなくなっていた。試験が終わった瞬間、試験と清水さん二つの圧からの解放で、多くのクラスメイトは心からほっとしたのだと俊也は後に語っていた。僕も清水さんがいつもの清水さんに戻ってすごく安心したので似たようなものかもしれない。

「じゃあな」

試験が終わり他のクラスメイトが試験の手応えを話している中、清水さんはいつの間にか帰る準備を終えていた。

「バイバイ、また明日」

答える余裕もないのだろうか。清水さんから返事が戻ってくることはなかった。僕も家に帰ろうかとも思ったが、まだ時間に余裕があるため一旦天文部に寄ることにした。


「こんにち……」

「シー、静かに」

天文部の部室に挨拶して入ろうと思ったら陽介さんによって侵入を阻まれた。どうやら中で大きな声を出してはいけないようだ。

「どうしたんですか？」

陽介さんは話す代わりに指を差して状況を教えてくれた。部屋の中をよく見てみると机に伏せている二人の人物がいた。顔は見えないが髪型や服装などから清水さんと愛さんであることは容易に想像できた。

陽介さんは部室のドアを指差した。二人を起こさないように廊下で話がしたいのだろう。僕は陽介さんの方を見て頷《うなず》く。二人で廊下に出るとようやく陽介さんが口を開いた。

「二人ともここに来てすぐに寝てしまった。よほど疲れていたんだろう」

「そうだったんですね。清水さんは家に帰ったと思ってました」

「家に帰る気力もなかったんじゃないか。それくらい今回の中間試験、熱心に頑張っていたということだろう」

「勉強会以外のところでもきっと勉強頑張っていたんですね」

「そうだな。圭は分からない問題があった時には、職員室まで聞きに行っていたらしいから先生方の間で噂になっていたぞ」

「清水さん……」

いつもの清水さんなら恐らくそこまでしないだろう。本当に今回の中間試験に全身全霊を注いでいたことが分かる。

「あんなになるまで二人が頑張ったんだから天体観測が実現するといいな」

「そうですね」

この後、僕と陽介さんは清水姉妹が起きるまでの間ずっと廊下で話し続けていた。

「今日は重大発表があります！」

中間試験から二週間ほど経ったある日の放課後、部室に部員全員が揃《そろ》った中で愛さんがいきなり声高らかにそう宣言した。

「なんだよ。早く言え」

「そう急《せ》かしなさんな。さっき湯浅先生から報告がありまして……天文部全員が総合で四十位以内に入ったため、屋上での天体観測が正式にできることになったとのことです！ヤッター！」

愛さんはピョンピョン跳ねて喜びを表している。

「おめでとうございます」

「良かったね愛先輩」

「ありがとう愛《いと》しき後輩たちよ！　あれ、愛しき後輩たちの声もう一声足りないな？」

愛さんが清水さんを凝視する。

「……まあ良かったんじゃねえか」

「おお！　圭までそう言ってくれるとは！　お姉ちゃん感激ですわ！」

「うるせえな。やっぱ言うんじゃなかった」

「そう言うな圭。今回天体観測が実現したのはお前の頑張りも大きいんだぞ？」

「は？　私は何もしてねえよ」

「先生方に質問しに行っていただろう。あれで先生方からの心証が結構良くなったらしい」

清水さんの努力が思わぬ形で実を結んだらしい。

「……別に心証良くするために聞きに行ってたわけじゃねえ」

「それがむしろ良かったんでしょ。まあもちろん澪ちゃんと大輝君の頑張りのおかげでもあるんだよ！　湯浅先生も二人の成績がアップしたのを褒めてたし喜んでいたからね！」

そう言われてほっとする。僕も天文部の力に少しはなれたみたいだ。

「ということで天気も見ながら近々天体観測の日程を決める予定です。休日予定がある人は先に言っておいてくれると助かるよ。ということで天体観測の話は一旦終了！　次のお話に移ります」

「まだなんか話あるのか……」

清水さんが呆れた表情で愛さんを見ている。

「次はいよいよみんな楽しみにしていたご褒美についてです。まずトップバッターは私！」

「お前かよ」

「生徒会役員が目標としている総合点プラス三十点でミッション達成ですが結果は……」

「長い、早く言え」

「なんと達成！　やったぜ！」

愛さんは右腕を勢いよく上に突き出し自らの喜びを表現していた。それを見た陽介さんは優しく笑いながら愛さんに拍手を送っていた。

「目標達成おめでとう。まあ愛も今回はいつにも増して、試験勉強を頑張っていたからな。後でご褒美に何をしたいか、或《あ》るいは何が欲しいか言えよ」

「ありがとう陽介！　後でご褒美貰うから覚悟しといてくれよな！」

「あらかじめご褒美の内容を言っといてくれると嬉しいんだが」

「それは後でのお楽しみ！　さて次はいよいよ待ちに待ったご褒美、後輩部門ですよ！　さあみんな、自分の中間試験での総合順位もう知ってるでしょ？　それをみんな順に言い合って勝負しようぜ！　ちなみに私、今回は十八位だよ！　すごいでしょ！」

確かに十番台とはかなり上の順位だ。やはり愛さんは相当勉強したのだろう。

「急に自慢を入れるな」

「むー、一位の陽介に言われたくないな」

「お前なんで俺の順位知って……」

「教室で先生が褒めてたじゃないですか。この愛ちゃんイヤーで聞いておりますよ」

「この地獄耳……」

「私の近くで話していたのが運の尽きよな。話がずれました。さて、それではまずは誰から順位発表する？」

「私からがいい」

手を挙げたのは意外にも瀬戸さんだった。

「おお、澪ちゃんいいね」

「どら焼きのため頑張った」

「なるほど、そこまでのどら焼きラブ素晴らしいね。そんな澪ちゃんの順位は何位ですか？」

「三十三位」

「おお！　勉強の成果が出たね！」

愛さんの反応を見るに、いつもの試験よりも瀬戸さんの成績は良かったみたいだ。

「さあさあ、次はどっちが教えてくれるんだい？」

清水さんはまだ言おうとしていないように見える。

「それじゃあ先に僕からでいいですか？」

「もちろんオッケー！　大輝君の順位は何位ですか？」

「……僕の順位は二十七位です」

「これは！　澪ちゃん僅差で敗れる！」

「無念……」

瀬戸さんの表情筋は通常運転だが、よく見ると少しだけ落ち込んでいる気がする。

「さあ残ったのは圭一人だけ！　勝つのは大輝君か、はたまた圭か！　ラストバトル！」

盛り上がりはピークに達している。と言っても盛り上がっているのは愛さんだけのような気もするけれど。

「さあ圭、あなたの順位は？」

「……位だよ」

声が小さくて順位が聞き取れなかった。それは周りも同じだったようだ。

「はい？　もう一度おっしゃっていただけますか」

「……三位だよ！」

清水さんは廊下まで響く大きな声で自分の順位を報告した。

「な、なんと！　順位決定！　優勝者は清水圭！　二位と大差をつけての圧倒的勝利だ！」

愛さんは興奮冷めやらぬといった感じだ。僕も正直三位と聞いてかなり驚いた。

「おめでとう圭。副賞のハグを贈呈するよ！」

「いらん。ただ褒美だけはちゃんとしろよ」

「私のハグがいらないなんて……。いや、これは二人きりの場所でハグしてということか？　それとも私じゃなくて大輝君と……」

「それ以上言うと命の保証はねえぞ」

「黙ります！」

愛さんは一体何を言おうとしていたのか。

「ならいい。それじゃあ私は帰る」

「ええ！　もう帰っちゃうの！」

「今日はもう疲れたからな」

そう言って清水さんはカバンを持ちドアの方へと歩いていった。

「清水さん」

「な、なんだよ」

「中間試験三位おめでとう。清水さんはやっぱりすごいね」

「なっ……。何言ってんだお前。……もう帰る」

「うん、また明日ね」

ドアを開けた時に見えた清水さんの顔が少しだけ赤く見えたのは僕の気のせいだったのだろうか。

※　※　※

「よっしゃあ！」

帰宅後、自室で私は一人ガッツポーズをしながら喜びを噛《か》みしめていた。

いつもの試験も別に手を抜いているわけではないが、今回の中間試験に本気で取り組むことになったのは愛の一言がきっかけだった。

『中間試験、天文部二年生の中で一番成績が良かったら、天体観測の時に絶好のタイミングで大輝君と二人きりにしてあげるよ』

その言葉は私にとってあまりにも魅力的すぎた。愛の発言であることを考慮に入れても私が努力する理由としては十分だった。

「……これで褒美なかったら許さねえからな」

勝負の日は天体観測当日、そこで本堂と忘れられない思い出を作ってみせる。私は心の中で決意を固めるのだった。

第五章　清水さんと勘違い

「……他の奴《やつ》らは来そうもねえな」

「うん」

天体観測の日が迫ってきたある日の放課後、私は瀬戸《せと》と天文部の部室にいた。

「本堂《ほんどう》は用事があって今日は来ないって言ってたが、愛《あい》と陽介《ようすけ》からは何か聞いてるか？」

「愛先輩は生徒会の仕事があるから遅くなるって。坂田《さかた》先輩もおそらくそうだと思う」

「そうか」

会話がぎこちない気がする。あまり瀬戸と二人で話したことがないからだろうか。

「邪魔だった？」

瀬戸が首をかしげる。

「別に邪魔ではねえよ」

「なら良かった」

瀬戸が私から視線を外す。話はここで一旦終わりのようだ。部室に静寂が訪れる。

ただ私には今のうちにはっきりさせておきたいことがあった。

「おい、瀬戸」

「何？」

「ちょっといいか」

「いいけど、どうしたの？」

「お前に言っておきたいことがある」

「……奇遇。私も清水《しみず》さんに言いたいことがある」

「なんだと？」

これは想定外の流れだ。瀬戸まで私に言いたいことがあるとは。

「どっちから言う？」

「その前に聞いておきたいことがある。お前は何について話すつもりだ？」

「……本堂君のこと」

「なるほどな。それならお前の言いたいことと私が言いたいことは同じだと思う」

確信はないがおそらく当たっている気がする。

「そうなの？」

「ああ」

「じゃあ一斉に言う？」

「そうするか。私がせーのって言ったら続けよ」

「分かった」

二人とも同時に深く息を吸う。

「せーの！」

「お前、本堂のこと好きだろ！」

「清水さん、本堂君のこと好きでしょ」

「なっ！」

「え？」

本堂が好きという部分は合っていたがそこ以外が決定的に違っていた。

「な、なんで私が本堂のことその……す、好きだって……」

「その前に私の質問に答えて。なんで私が本堂君のこと好きだって思っちゃったの？」

「それは……」

その説明をするためには本堂と瀬戸が恋バナをしていた時に、私が寝たふりをしていたことを言ってしまわなくてはいけない。

「ああ、私と本堂君が恋バナしている時に清水さんが狸寝入《たぬきねい》りしてたのは知ってる。だからそれがバレるかどうかの心配はしなくていい」

「は？」

つい素《す》っ頓狂《とんきょう》な声が出てしまった。私が寝たふりをしていたのを知っているだと。それならなぜ……。言いたいことは多々あるがまずは瀬戸の質問に答えなくては。

「それなら話は早え。お前はアイツ……本堂とちょくちょく二人で恋バナしてただろ！その時にお前はいつも本堂に意見を聞いていた。それはお前が実は本堂のことを好きで後でこっそり参考にするためだろ！」

瀬戸を勢いよく指差す。だが瀬戸は何も言わない。

「ふん、図星すぎて声も出ないか。やっぱり私の考えは間違ってなかった……」

「はぁ……」

口を開いたと思えば瀬戸は大きなため息をついた。

「お、お前なんでため息なんてついてんだ！　舐《な》めてんのか！」

愛にさえため息などつかれたことはなかったので、今の長いため息にはわりとダメージを食らった。

「ごめん、思わず。私がさっき何も言わなかったのは図星だからではなくて呆《あき》れてたから。清水さんの推測は何一つ当たってない」

「なんだと？」

「まず私は本堂君のこと異性として気になってはいない。私が本堂君と恋バナをしているのは、私が本当に気になっている人への気持ちが恋なのかを確かめるため」

「……本当に本堂のこと好きじゃないのか？」

「さっきからそう言っている」

瀬戸の表情に変化はないが嘘《うそ》を言っているようには見えない。

「そ、そうか」

心が少し軽くなった気がする。そうだったのか。瀬戸が本堂を好きだと思っていたがそれはどうやら勘違いだったらしい。

「……だから安心して」

瀬戸が私の心を読んだかのようにそうささやいた。

「な、何がだよ！　お前が本堂のことを好きだろうが好きじゃなかろうが、別に私にはどうだっていい！」

つい思ってもいないことを口走ってしまった。そんな自分が少し嫌になる。

「それは嘘。清水さんは本堂君のこと好きだから。私が本堂君のことをどう思ってるか凄《すご》く気になるはず」

「さっきもそう言ってたが、私が本堂のこと……す、好きだってどうして思うんだよ！」

「証拠はいくつもある」

「……言ってみろよ」

私は証拠など残した覚えはない。きっと瀬戸のでまかせに決まっている。

「まずは髪型」

一瞬、ドキッとする。というのも思い当たる節があったからだ。

「本堂君の好きな髪型がハーフアップだと話した翌日、清水さんはハーフアップにしてきた。本堂君のことなんとも思ってなければそんなことしないはず」

「ぐっ」

瀬戸は同じクラスかつ同じ部活なのだから、私が髪型を変えたことを知っていても何もおかしくないのだが、それにしてもよく見ている。

「そ、それは偶然だ」

「ハーフアップには色々なアレンジの仕方がある。それまで一緒だったのも偶然？」

「……偶然だ」

「私が付箋を貼ったファッション誌を参考にしたんじゃなくて？」

「偶然だって言ってるだろ！」

「偶然にしてはできすぎだけど……。まあいい、他にも証拠はある」

「まだあるのかよ」

「もちろん。二つ目は『二十一グラムの違い』を見たタイミング」

「うっ」

身に覚えがありすぎる。瀬戸は私の動揺を気にすることなく話を続ける。

「本堂君が気になる人と同じアニメを見て感想を言い合えたら楽しそうと言ったその日に、本堂君が見たといった『二十一グラムの違い』を見てくるのは明らかに意識している」

「それは……それはあれだ。その後に愛が『二十一グラムの違い』を面白いとか言ってたから気になっただけだ」

「……まだ認めないの？」

瀬戸がジッと私の方を見つめてくる。早く認めて楽になれとでも言いたげだ。

「お前が諦めろ。もう証拠とやらはねえだろ」

「……しょうがない。これはできれば言いたくなかったけど……」

先ほどの二つの件以外に私が瀬戸と本堂の恋バナを聞いて行動したことはない。だから瀬戸にはもう提示する証拠がないはずだが……。

「本堂君が手作りのお弁当を食べてみたいと言ってたからって、わざわざお弁当を作ってくるのは、どう考えても本堂君のこと好きだからとしか考えられない」

「なんでお前がそのことを知って……」

そこまで言ってからしまったと思った。

「やっぱり合ってた」

「お前、カマかけやがったな！」

「清水さんが本堂君にお弁当を渡すところは見ていた。そして本堂君は少し前にお弁当を作ってもらえたら嬉《うれ》しいと言っていた。この二つの情報によって、清水さんが本堂君のためにお弁当を作ってきたと考えることは難しくない。ただ証拠がなかった

「だから私の反応を見てたわけか……」

「そう」

瀬戸の方が一枚上手だったようだ。ただ私には一つ気になることがあった。

「それにしてもなんでお前、私が本堂に弁当渡すところ見てたんだ？　あの時はまだ私も本堂も天文部じゃねえし、私たちのことをお前が見てるのはおかしくねえか？」

「あっ……」

瀬戸がいきなり視線を逸《そ》らす。怪しい、瀬戸は何かを隠している。

「もしかしてお前やっぱり本堂のことが……」

「……はぁ」

瀬戸が再びため息をつく。今度は失望半分安堵《あんど》半分といった感じだ。

「お前！　またため息つきやがったな！　ほんといい加減にしろよ！」

「ごめん。清水さんは本当に本堂君ばかり見てるんだと思っただけ」

「お前、何もフォローできてねえからな。好き勝手言いやがって……。それでなんでお前は私たちのこと見てたんだよ」

「……黙秘していい？」

「いいわけねえだろ。ほらさっさと言って楽になれ」

犯人を自供させようとする刑事の気分だ。

「……一つ約束してほしい」

「なんだよ改まって。言ってみろ」

「怒る場合は私だけじゃなく愛先輩にもしてほしい」

「愛が関わってんのかよ……」

なんとなく嫌な予感がする。愛関連のこういう予感はよく当たるから困りものだ。

「それでなんで私と本堂を見てたんだ」

「……清水さんの監視を依頼されたから」

その瞬間、私の脳内をある言葉が過った。

『私の協力者は圭《けい》のクラスにもいる。それだけのことだよ』

手作り弁当を本堂に渡した日の夜、確か愛はそう言っていた気がする。

「クラスにいる愛の協力者ってお前かよ！」

「そう、愛先輩から話を聞いてたの？」

「誰かまでは聞けなかったけどな！　いつからだ？　いつから頼まれてた？」

「一年生の時から」

「そんなに前からかよ！」

今まで全く気づかなかった。これは私が鈍いのではなく瀬戸の監視がうまかったせいだと思いたい。

「監視と言ってもたまに清水さんの現状を説明するくらいだから大した仕事ではなかった」

「……それにしてもよく一年の時から今まで監視続けたな」

「どら焼きのため」

「は？」

「清水さんのことを愛先輩に報告すると時々どら焼きを貰《もら》えるから」

「食い物に釣られてんじゃねえ！」

先輩思いの後輩かと思ったら意外と瀬戸は現金な奴だった。

「どら焼きおいしいから仕方ない。それでどう？　本堂君が好きだと認める気になった？」

「なっ……」

そういえば元はそんな話をしていたのだった。

「他にも調理実習の時に本堂君と仲良く二人で調理してたとか、証拠はまだまだある」

「うぐぐ……」

「好きだと認めてしまって早く楽になった方がいい」

さっきまでと立場が逆転してしまった。

「分かったよ……」

「ごめん、よく聞こえなかった。なんて言ったの？」

「分かったって言ったんだよ！　そうだ、私は本堂のことが好きだよ！」

思わず大きな声が出てしまった。廊下まで響いていないといいが。

「……なんか言えよ」

「清水さん本堂君のこと本当に好きなんだ」

「お前がそう言ったんだろ！」

「そうだけど確信まではできていなかったから……」

いくつも証拠を提示してきたので、てっきり瀬戸は私が本堂のことを好きだと分かっているものだと思っていたが、どうやら違ったらしい。

「そうかよ。それで私が本堂を……す、好きだと知ってどうするつもりだよ」

「……協力してもらいたいことがある」

「なんだと？」

いきなり瀬戸は思ってもいなかったことを言い出した。

「言っとくけど人にバラさない代わりにどら焼きを要求するとか言ったら拒否するからな」

「……そんなこと言わない」

「おい、その間はなんだ。一瞬、私の話聞いてその手があったかと思ったんじゃないか？」

「さすがにどら焼きのためにそんな脅迫めいたことはしない……多分」

スニーカー文庫10月の新
2023
10
October
スニーカーNAVI
おかげさまで
10周年!!!!
全編書き下ろしの
贅沢なよりみち!!
この素晴らしい世界に祝福を!
よりみち3回目!
暁なつめ　イラスト／三嶋くろね
すべての収録短編が暁なつめ先生に
る、豪華書き下ろし！　めぐみんが悪
に？　ウィズとバニルが大喧嘩!?　カ
マが過去をやり直す!!?　10周年に
わしい作品群が目白押しのよりみち3回

剣聖と賢者の正体は
学園の落第生!?

新たな暗躍ファンタジー、
開幕!

二大国の守護神、剣聖と賢者。二人にはある秘密があり……どちらも実は同一人物、正体は小国の落第生ロイ・ルヴェルだった!　最強の力を持ちながら正体を隠して家族と世界を守れ。『出涸らし皇子』著者の新暗躍譚!

新作

最強落第貴族の剣魔極めし暗闘譚

タンバ　イラスト／へりがる

タンバ2作同時刊行

次なる暗躍は――
アードラーの神髄を証明すべく、

ゴードンを討て!

雷神"ローエンシュタインの協力を取り付け、戦力を揃えたアル陣営。ゴードンたちを討つべく、最大戦力がぶつかり合う中――勝利を確実とするゴードンの最悪の切り札が発動しようとしており!?　北部戦線、決着!

最強出涸らし皇子の暗躍帝位争い12
無能を演じるSSランク皇子は皇位継承戦を影から支配する

タンバ　イラスト／夕薙

ハーレムライフ
始めます

新作

勇者パーティーを
クビになったので故郷に帰ったら、
メンバー全員がついてきたんだが

木の芽　イラスト／希

幼なじみの【勇者】レキからパーティを追放され田舎に戻った【冒険者】ン。しかし速攻で魔王を討伐し追ってきたパーティーメンバーに次々とプポーズされてしまい!?　異世界ハームスローライフスタート!

勇者は魔王を倒した
同時に――
帰らぬ人
となった。

新作

誰が勇者を殺したか

駄犬　イラスト／toi8

魔王が倒されてから4年。平穏を手にした国は亡き勇者を称えるべく、偉業を文献に編する事業を立ち上げる。かつての冒険者仲から勇者の過去と冒険譚を聞く中で、全員勇者の死について口を固く閉ざすのだった

「そこは自信もって言え」

そうでなければ、私はいつも瀬戸の口封じのためにどら焼きを携帯しなくてはいけなくなってしまう。

「……どら焼きは愛先輩から貰う。話を戻す。私が言いたかったことは、私たちはお互いのために協力できることがあるということ」

「お互いのために協力できること？」

「そう、例えば私は前みたいに清水さんが狸寝入りをしている横で本堂君と恋バナをして、本堂君から女の子の好みを聞きだすことができる」

「なる、ほど」

「実際に前に恋バナした時は、清水さんに教えるつもりで本堂君から話を聞いていた」

「わざわざありがとよ」

「どういたしまして。それでどう？　悪くない話だと思うけど」

「……確かに私にとっては悪い話じゃねえ。ただそれだけだとお前に得はねえだろ。お前は私に何をしてもらいたいんだ？」

先ほど瀬戸はお互いのために協力できることがあると言っていた。つまり瀬戸には私に力を貸してもらいたいことがあるはずだ。

「……してもらいたいことは二つある」

「言ってみろよ」

「まず私に恋について教えてほしい」

「は？」

「私に恋について教えてほしい」

「別に聞こえなかったわけじゃねえ。どういう意味だよ？」

真面目な顔で言っていたから冗談ではないと思うのだが、それにしても具体的な内容が分からなすぎる。

「さっき清水さんは本堂君のことを好きだと言った。つまり清水さんは恋をしている。恋をしているということは恋に詳しいはず。私は恋がどういうものなのかよく分からないから、それを清水さんに教えてほしい」

「私だって恋についてちゃんと分かってるわけじゃねえぞ……」

「分かることだけでいい」

再び瀬戸の方を見るがその目は真剣そのものだ。

「例えば清水さんは本堂君のどういうところが好きなの？」

「な、なんだよ、急に。どういうところって……私の外見だけじゃなく中身まで見てくれるところは、まあ好きだと言えないこともないかもな」

「……なるほど、それじゃあ次の質問。本堂君をいつ好きだと自覚したの？」

「なっ……高校一年の時」

「それは気づかなかった。次の質問、本堂君とキスしたい？」

「お、お前、本当に何を言ってるんだ！」

頭の中で想像する。本堂の顔が近づいてきてそしてシルエットが一つに……。

「……清水さん可愛《かわい》い」

「お前、ケンカなら買うぞ」

「そんなつもりはなかった、ごめん。ただキスの想像して顔を真っ赤にする清水さんが普段の印象とあまりに違ったから」

「……次はねえからな」

「分かった。私が言いたかったのはこんな風に私がする質問に答えてほしいということ」

つまり私が本堂に向ける感情を参考にしたいということか。

「……はぁ。分かった、でも納得いかなかったとしても知らねえからな」

「うん。清水さんありがとう」

「それで他にももう一つ協力してほしいことあるんだろ。言ってみろ」

「……私が気になる人ともっと仲良くなれるようにしてほしい」

またもやツッコミどころの多いお願いをされてしまった。

「そもそもお前の気になっている奴って誰だ？」

「……あっ」

気になる奴の名前を言っていなかったことに瀬戸は今気づいたらしい。

「名前言わないとダメ？」

「言わずにどうやってお前とソイツを仲良くさせるんだよ！」

「……一理ある。分かった、言う。私の気になっている人は……松岡《まつおか》君。松岡俊也《しゅんや》君」

思ったよりも瀬戸が名前を言うのに時間はかからなかった。瀬戸が気になっているのが松岡だったとは正直意外だ。……松岡？　そういえばアイツは瀬戸のこと好きだと言っていなかったたか？

「どうしたの？」

どうしよう。言ってしまった方がいいのだろうか。松岡、お前のこと好きだぞと。瀬戸は一貫して松岡を気になる人だと言っている。つまりまだ松岡のことを好きだと確定してはいないわけだ。正直松岡にあまり興味がないが、告白する前に好きだとバラされるのは少しかわいそうな気がする。

「いや、なんでもねえ」

私は松岡の瀬戸への想《おも》いを黙っておくことにした。

「そう？　それで清水さん、私と松岡君が仲良くなる協力してくれる？」

「協力って言っても具体的に何すればいいんだよ？　私は松岡と仲良くないぞ」

「確かに。松岡君は清水さん怖がってる」

「もう少しオブラートに包め」

瀬戸の発言は、無意識だろうがたまに少々棘《とげ》がある。

「ごめん。とりあえず清水さんにすぐに何かをしてもらうことはない。ただ何か清水さんにしてもらいたいことができたらすぐに声をかける」

「分かった。でもしたくなかったら断るからな」

「それでいい。清水さんは協力してもいいと思った時だけ協力してくれたら嬉しい」

そう言うと瀬戸はすっとこちらに手を差し出した。

「なんだよその手は？」

「これから改めてよろしくの手」

「……私と協力することを後悔しても知らないからな」

私は瀬戸の手を取った。その時に瀬戸の口角が少しだけ緩んだように見えたのはきっと目の錯覚だろう。

第六章 清水さんと買い物

「新生天文部になって初めての校外活動だ！」

「校外活動っていってもただ買い物に来ただけじゃねえか」

天体観測を翌日に控えた土曜日、僕たち天文部は五人で大きめのスーパーを訪れていた。

「でも実際五人になってからは学校の外で活動することなかったじゃないですか。だからテンション上がっちゃって」

「テンションを上げるのはいいけど他のお客さんには迷惑をかけるなよ」

「それはもちろん！」

「ならいいが……。改めて目的を確認するぞ。今日スーパーに来た理由は明日の分の食料を確保するためだ」

「前に聞いた時も思ったけど夕食の後に集まればいいんじゃねえか？」

それは僕も少し思っていた。日が沈むまでは天体観測できないのだから、夜になってから集まる方がいい気がする。

「天体観測以外にもやりたいことがあるんだよ。だからお昼にはもう集まってほしいの」

「何がしたいんだよ？」

「それは集まってからのお楽しみということで！」

「ちなみに俺も聞いてない」

「私も」

「愛《あい》以外本当に誰も知らねえのかよ」

大丈夫だろうか。不安がないと言えば嘘《うそ》になる。でもまあ愛さんならきっと悪いようにはしないだろう。

「とにかく昼から活動を始めるなら天体観測するまでに夕食はとりたい。俺は学校近くの飲食店で食べてもいいと思ったんだが、愛がやりたいことがあるらしくてな……」

「またお前の発案かよ……」

「せっかく休日にみんなで集まるんだから面白いことしたいじゃないですか」

「こっちについては俺も知っている。色々と手伝わされたからな。別に隠すようなことでもない気がするが……」

「ダーメ。当日まで楽しみにしていてほしいから内緒にしてて」

愛さんは明日の夕食の内容をどうしても秘密にしたいらしい。今日買う食材で分かってしまいそうな気もするけれど。

「そういうわけだから夕食のメニューの発表は明日まで待っていてくれ」

「分かりました」

「それで早速買い物といきたいんだが、五人一緒に歩き回ると効率が悪いし他のお客さんの邪魔になりかねん。だから今日は二グループに分かれて買い物したいと思う」

「いいけどどう分けるんだよ」

「三年生と二年生でいいんじゃない？」

清水《しみず》さんの疑問に愛さんが答える。

「私はそれでいい」

「俺もいいぞ」

「僕も大丈夫です」

「圭《けい》はどう？」

「……私もそれでいい」

「なら決定だね！」

こうして僕らは二組に分かれ買い物をすることになった。

「貰《もら》ったメモ見たけど書いてあるもの菓子とジュースばっかりじゃねえか！」

「ははは……」

「どら焼きは？　どら焼きは書いてある？」

「書いてあるわけ……書いてある……」

「さすが愛先輩。需要を理解している」

「局所的すぎるだろその需要」

「こうしてはいられない。私、先に行ってどら焼き確保してくる」

「おい待て、お前みたいにどら焼きほしい奴《やつ》ばっかりいるわけねえだろ！」

清水さんの言葉に耳を貸すことなく、瀬戸《せと》さんは僕たちを置いていった。

「アイツのどら焼きへの執着はなんなんだ……」

「ま、まあ好きなものがあるのはいいことだよね」

「程度があるだろ」

「とりあえず僕たちも追いかけようか」

「そうだな。どうせ和菓子売り場にいるだろうからな」

そうして僕は清水さんと二人で和菓子売り場に向かった。


「思ったより広いなここ」

「そうだね」

瀬戸さんと僕らが別々になってから数分後、僕らは未《いま》だ瀬戸さんを見つけられずにいた。

というのも僕らが和菓子売り場に来た時には瀬戸さんは既にそこにはいなかったからだ。

「あのどら焼きモンスター完全にはぐれたぞ」

「大丈夫だとは思うけど、愛さんたちに連絡しておくよ」

スマホを取り出し愛さんに瀬戸さんが行方不明になったことを報告する。

「連絡もしたし、とりあえず買い物続けながら瀬戸さん捜そうか」

「……アイツ変な気を遣いやがって」

「変な気？」

一体なんのことを言っているのだろうか。

「独り言だ。まあアイツもそのうち戻ってくるだろ。行くぞ」

「うん。あれ？」

清水さんの後に続こうと思ったその時、気になる人を見つけた。

「どうした本堂《ほんどう》？」

「ちょっと待っててね」

僕は和菓子売り場にいた一人の女の子のもとに向かった。その小さな女の子は不安そうな顔であたりをキョロキョロしていたため目に入ったのだった。僕はしゃがんで女の子に視線を合わせる。

「ちょっといいかな？」

「え？　う、うん」

女の子は僕に声をかけられるとは思っていなかったのかびっくりしたようだった。

「僕は本堂大輝《だいき》って言います。お父さんやお母さんはどうしたの？」

「……いなくなっちゃった。お母さんどっかにいっちゃった」

女の子はそう言うと今にも泣きそうな顔になった。早くこの子を安心させてあげないと。

「大丈夫だよ。僕が君のお母さんを見つけるから」

「本当？」

「うん。だから心配しないで」

「……分かった」

なんとか安心させることができたみたいだ。

「それでどうやってコイツの親を見つけるんだ？」

「清水さん聞いてたの？」

「まあな。聞いちまったら私だけこのまま買い物を続けるわけにはいかねえだろ。さっさとコイツの母親見つけるぞ……ってなんだよそのツラは？」

どうやら思っていたことは表情に反映していたらしい。

「ありがとう。やっぱり清水さんは優しいね」

「じ、自分から面倒ごとに首突っ込んでいくお人好《ひとよ》しに言われたくねえ。いいから早く母親を見つけるぞ」

「ねえダイキ、この怖い人は？」

女の子が清水さんを指差した。誰なのか聞きたいのだろう。

「怖くないよ。この人は清水圭さん。優しい人だから安心して大丈夫だよ」

「分かった」

「そうしたら君のお母さんを見つけに行こうか」

「うん！」

僕と清水さんは当初の目的を変更し、女の子のお母さんを見つけるためにスーパーを捜索することになった。


捜索開始からしばらく経《た》ったが、女の子のお母さんは見つけられず大きな進展はなかった。唯一判明したのは女の子の名前がサツキちゃんだということだけだ。

「どこにいるかな。サツキちゃんのお母さん」

「予想なんてつかねえよ。だから片っ端から見ていってるんじゃねえか」

「そうだよね……」

現在僕たちは僕と清水さんでサツキちゃんを挟むように歩いていた。幸いサツキちゃんの機嫌は良好で僕たちに笑顔でついてきてくれていた。

「ただそうなると……」

「しょうがないと言えばしょうがないんだけどね」

今日は僕も清水さんも私服でスーパーまで来ていた。そのためか若い家族連れに見えるようで、周囲の大人からは生温かい視線を向けられていた。

「今の子たちはみんな童顔なのかな。あのお父さんもお母さんも高校生くらいにしか見えないよ」

「そうね。あの親子みんな可愛《かわい》くて羨ましいわ」

周囲の声が聞こえてくる。実際僕と清水さんは高校生なのだが、面と向かってそう説明するわけにもいかない。

「おい本堂、さっさと行くぞ」

「うん」

「あっ、待ってケイ、ダイキ」

サツキちゃんが清水さんを呼び止める。

「どうしたんだよ?」

「手をぎゅっとして」

「手をつないでほしいのかな?」

「うん。右がダイキ。左がケイね」

「そ、そんなことしたら余計に家族みたいに見えるじゃねえか！」

「ダメ？」

「うっ」

サツキちゃんが上目遣いで清水さんを見つめる。

「しょ、しょうがねえな。ほら手をよこせ」

「うん！」

サツキちゃんは嬉《うれ》しそうに清水さんと手をつないだ。

「ほらダイキも！」

「うん」

僕も清水さんに続いてサツキちゃんと手をつなぐ。

「次はどこ行く、ダイキ？」

「どうする本堂。もう店の中はだいたい見たぞ」

「サツキちゃんのお母さんもサツキちゃんを捜して動いているのかな？」

そうでなければサツキちゃんのお母さんが見つからない説明がつかない。

「行き違いになってるならどこかで待っていた方がいいか？」

「そうだね。どうせ待つなら休憩スペースに行こうか。いいかなサツキちゃん？」

「いいよ！」

僕たちは手をつなぎスーパー内にある休憩スペースに向かうことになった。

数分後、僕たち三人は休憩スペースにいた。サツキちゃんは自動販売機で買ったジュースをおいしそうに飲んでいる。

「もうしばらく私は動かねえからな」

「お疲れ様、清水さん」

清水さんはここまで三人で手をつないで来たことで精神をかなり消耗したらしい。

「お前、ちゃんと後でコイツの親にジュース代請求しろよ」

「これくらい大丈夫だよ。僕が好きでやったことだし」

「……お前」

清水さんは呆《あき》れたような目で僕を見てくる。

「ケイ、遊びたい！」

いつの間にかサツキちゃんはジュースを飲み終えていた。

「いいけど周りに迷惑かけるなよ」

「分かった！　何して遊ぶ？」

サツキちゃんの目はキラキラ輝いている。

「お絵描きはどうだ」

そう言うと清水さんはバッグからメモ帳とボールペンを取り出しサツキちゃんに渡した。

「ありがとう！」

「おう」

メモ帳とボールペンを受け取ったサツキちゃんは早速絵を描き始めた。

「……なんだよ、その目は」

僕がその様子を眺めていると清水さんがジトッと僕を睨《にら》んできた。

「いや、清水さんって面倒見いいなと思って」

「誰だってこんなもんだろ」

「そんなことないと思うよ。実際、サツキちゃんがこんなに懐いてるのも清水さんが優しいからだと思うし」

「コイツが人懐っこいだけだろ」

「そうかな？」

サツキちゃんの方を見る。なんとなくだけどサツキちゃんは輝乃《きの》と一緒で人見知りする性格だと思うのだけど。

「清水さん、将来いいお母さんになれそうだよね」

「なっ、お前それ……」

清水さんの顔が赤く染まる。何か変なこと言っただろうか。

「どうしたの？」

「な、なんでもねえ。それにしてもコイツの親が来るまであとどれくらいかかるだろうな」

「大きいスーパーだから結構かかるかもね」

「できた！」

「もうできたのかよ。早いな。見せてみろ」

「うん！」

そこには手をつないだ三人の人物が描かれていた。

「真ん中が私で両側がダイキとケイ」

「なかなかうまいじゃねえか」

清水さんがサツキちゃんの頭を撫《な》でる。

「えへへ」

その時だった。店内に今日の特売品の宣伝が流れ始めた。頭に電流が走った。

「あっ」

「どうしたんだよ？」

「サツキちゃんのお母さんにサツキちゃんの居場所を伝える方法思い出した」

「そんな方法あるか？」

「うん、あるよ。だから行こう」

「どこに行くんだ？」

「サービスカウンターだよ」


それから少し経ち、僕たちはサービスカウンターにいた。サツキちゃんのお母さんを店内放送でここに呼んでもらうことにしたのだ。

「お前はこの状態恥ずかしくねえのか？」

サツキちゃんと手をつなぎながら待ち続けていると清水さんから質問が飛んできた。

「ちょっと恥ずかしいけど懐かしくもあるよ」

「懐かしい？」

「小さい頃は輝乃とどこかに行くときは必ず一緒に手をつないでたからさ。輝乃が大きくなってからはやらなくなったけど。清水さんは愛さんとそういうことしなかった？」

「アイツと手をつないだりなんかしたら手首から先がどっかに行っちまう」

愛さんは昔から尋常ではない行動力があったようだ。

「サツキ！」

声のした方に視線を向ける。そこには一人の女性が立っていた。

「お母さん！」

サツキちゃんは僕と清水さんの手を放し、その女性のもとへ勢いよく駆けていった。そしてその女性はサツキちゃんを力強く抱きしめた。

「良かった……。見つかって本当に良かった」

「お母さんちょっと痛いよ」

「ご、ごめんね」

僕と清水さんは二人のもとへ歩いて近づいていった。

「あのすみません。もしかしてサツキちゃんのお母さんですか？」

「あっ、そうです。あなたたちがサツキをここまで連れてきてくれたんですか？」

「はい」

「まあな」

「本当にありがとうございます」

そう言うとサツキちゃんのお母さんは深々と頭を下げた。

「あ、頭を上げてください」

サツキちゃんのお母さんがゆっくりと頭を元の位置に戻す。

「私が買い物して目を離してしまっている間にこの子いなくなってしまっていて。ここのスーパーは広くて捜してもなかなか見つけられなくて。あなたたちがいなかったらサツキをこんなに早く見つけられませんでした。本当に、本当にありがとうございました」

「いえいえ、サツキちゃんがお母さんと再会できて良かったです。清水さんもそうだよね？」

「私に振るな。ま、まあ良かったんじゃねえか？」

「なんとお礼を言っていいか……。ほらサツキもお兄さんとお姉さんにお礼言って」

そう言われたサツキちゃんは笑顔でこちらに振り向いた。

「ダイキ、ケイ、一緒にお母さん見つけてくれてありがとう」

「こら、呼び捨てにしないの！」

「いいですよ。そう呼んでもらっていたので」

「す、すみません。それでなんですが……」

「どうかしました？」

一件落着な気がするけどまだ何かあっただろうか。

「サツキを助けていただいたお礼をさせていただきたくて」

「えっ、そこまでしていただかなくて大丈夫です」

「そうだ。見返りが欲しくて助けたわけじゃねえ」

「そうは言ってもお二人の時間を邪魔してしまったわけですし」

なんだろう。何か勘違いをしている気がする。

「あの、僕と清水さんをどういう関係だと思ってますか？」

「え？　恋人同士ですよね？」

「なっ」

「ち、違います」

勘違いしていたというのは当たっていたが、その勘違いの方向は予想できなかった。

「そうなんですか？　お二人ともお似合いでしたのでてっきり……」

「え、ダイキとケイ、恋人じゃないの？」

「違うって言ってるだろ！」

サツキちゃんまで勘違いをしていたのか。

「でもケイ、ダイキを見る目が乙女だった……」

「ど、どこでそんな言葉覚えたんだ！」

サツキちゃんは少しおませさんみたいだ。

「なるほど、なるほど」

なぜだろう、サツキちゃんのお母さんが僕らを見る目が少し変わった気がする。

「まあいい、どうしても礼がしたいって言うならあれが欲しい」

「あれとは？」

清水さんはサツキちゃんに視線を合わせた。

「おい、さっきの絵、まだ持ってるか？」

「うん！」

サツキちゃんがポケットから折りたたまれたメモ用紙を取り出す。どうやらさっき休憩スペースで絵を描いたメモ用紙のようだ。

「それ貰ってもいいか」

「いいよ、大切にしてね！」

「ああ」

清水さんはサツキちゃんから絵の描かれたメモ用紙を受け取った。

「それでいいのですか？」

サツキちゃんのお母さんが不思議そうな顔をしている。

「私はこれで十分だ。まだ買い物が残ってるからそろそろ行く。もうソイツの手、離すなよ」

「はい、本当にありがとうございました」

「バイバイ、ケイ、ダイキ」

「じゃあな」

「じゃあね」

こうして僕たちのサツキちゃんのお母さん捜しは幕を閉じた。

「……そういえば結局瀬戸はどこ行ったんだ？」

「あっ」

それから僕たちは完全に忘れていた第一遭難者の捜索に移るのだった。

第七章 清水さんと王様ゲーム

とある休日、僕は制服姿で自宅の玄関にいた。なぜ休日なのに制服を着ているのか。それは天体観測をするために今日学校に行くからだ。

「行ってきます」

玄関のドアを開けようとドアノブを握った時、後ろから声をかけられた。

「待ってお兄ちゃん」

振り返ると玄関前の廊下になぜか輝乃《きの》が立っていた。

「どうしたの輝乃？」

輝乃には天体観測するために今日学校に行くことは伝えてあるはずだけど。

「……行っちゃうの？」

「うん、今日は晴れてて絶好の天体観測日和だからね。何か用事でもあった？」

「……ううん、なんでもない」

それだけ言うと輝乃は僕から離れていった。

玄関のドアを開けた。
少し輝乃のことが心配だったけど、集合時間が近づいていることを思い出し僕は急いで
（輝乃どうしたのかな？）

「こんにちは」

集合時間の約十分前、僕は天文部の部室にたどり着いた。

「おっ、大輝《だいき》君も来たね。これで天文部全員集合だね！」

愛《あい》さんが言った通り、部室には既に僕以外の天文部員四人が揃《そろ》っていた。

「遅くなってすいません」

「本堂《ほんどう》君が謝る必要はない。俺たちが早く来すぎただけだ」

「そうそう、それにまだ集合時間の前だし全然問題ないよ」

「ありがとうございます。それで今から何をするんですか愛さん？」

席に着きながら愛さんに質問する。

「そうだ愛。結局今から何するつもりなんだ」

「ふっふっふ、そうだね。部員全員揃ったし言ってしまってもいいかな」

愛さんはなぜかよく分からないポーズをしている。

「もったいぶらずに言え」

「清水さんに同意」

「気の短いお嬢様たちね。まあいいわ、私の計画教えてあげる。今からすること、それは……」

「それは？」

「王様ゲームです！　……ってあれ、みんなどうしたの？　そんな呆《あき》れた顔して」

「……わざわざ数時間集合を早めてまで、なんで王様ゲームなんかしようとしてるんだよ」

確かに。愛さんはどういう意図で王様ゲームをしようと思ったのか。

「いやね、私考えたわけですよ。新生天文部になってから一ヶ月以上経《た》ったけど、まだまだ部員同士の結束が足りないんじゃないかと。それでどうすればもっと団結できるか考えた結果、思いついたのが王様ゲームだったわけです」

「なぜそうなる。レクリエーションなら他にも色々あるだろ」

陽介《ようすけ》さんが言うように、王様ゲームに限らず結束力を上げる手段はある気がする。

「だってスポーツにすると運動神経抜群の圭《けい》が有利だし、クイズとかだと陽介に分があるよね？　だからある程度運が絡んでみんなが楽しめるゲームを考えた結果、王様ゲームに行きついたわけですよ」

「……確かに一理ある」

愛さんの説明で瀬戸《せと》さんはある程度納得したようだ。

「まあ運動や勉強だと有利不利があるから、王様ゲームにしたというのは分かった。それでルールはきちんと決めているのか？」

「もちろん、みんな王様ゲームについてどこまで知ってるか分からないから最初から説明していくね」

そう言うと愛さんはカバンから五本の細い角ばった木の棒を取り出した。おそらく割りばしを割ったものだろう。

「王様ゲームに使う道具は基本的にはこの五本のくじだけ。最初にみんなでくじを引いてくじに王って書かれていた人が王様。王様は一から四までの数字を指定して命令できるの。一回試してみようか」

愛さんは下の部分を隠すように五本のくじを持った。

「一人一本ずつ順番にくじを引いていって」

指示に従ってくじを引いていく。僕が引いたくじには二と書いてあった。

「せーの、王様だーれだ！　王って書いてたくじを引いた人は誰かな？」

「私」

瀬戸さんがゆっくりと挙手した。

「それじゃあ、今回は澪《みお》ちゃんが王様だね。澪ちゃんは一から四までの数字を宣言してから何か命令してみて」

「なんでもいいの？」

「常識の範囲内ならオッケーだよ」

「分かった。指定する数字は二」

ドキッとする。僕の持っているくじの数字だ。

「命令は……お菓子を持っていたら一つほしい」

「ハロウィンじゃねえんだぞ！」

トリックオアトリートをするには時期がかなり早すぎる。

「ふふ、澪ちゃんらしいね。さて二番の人は誰かな？」

「僕です」

「なるほど大輝君か。それでお菓子は持っているかな？」

「少し待ってください」

リュックの中を探す。すると、前に瀬戸さんから話を聞き気になって買っていた抹茶どら焼きを見つけた。

「これでいいかな？」

瀬戸さんにどら焼きを手渡す。

「本堂君は神様？」

「……喜んでくれたなら良かったよ」

心なしかいつもより瀬戸さんの声が嬉《うれ》しそうだ。

「よし、これで一旦終了！　大まかな流れは摑めたかな？」

愛さん以外の天文部が頷《うなず》く。

「いいね。そうしたら質問タイム！　みんな何か分からないことがあったら質問して！　まあ王様ゲーム始まってから聞いてくれてもいいけど」

「それなら聞きたいことがある」

「はい、陽介。何かな？」

「命令された側には拒否権があるのか？」

「ふーん。陽介、悪い命令するつもりなんだ」

愛さんの顔にはニヤニヤという表現がぴったりの笑みが張りついている。

「お前が王様の時に、どこまで命令を聞かないといけないか確かめるためだ」

「私はそんなひどい命令はしないよ！　まあでもそうだね、命令をなんでも聞かなくちゃいけないとなると収拾がつかなくなるかもしれないもんね。じゃあこうしよう。命令した人と命令された人を除く全員がダメって言った場合はその命令取り消しで」

「なんで命令された本人じゃねえんだよ？」

「そしたら圭とか自分への命令を全部却下しそうじゃん」

「ぐっ」

どうやら図星だったようだ。

「命令の拒否権は必要だけど全部の命令ダメなのは面白くないからさ」

「……確かにそうかもしれないな」

「陽介も納得してくれたみたいだし次の質問にいこうか。他に聞きたいことはある？」

「俺は今のところ後は特にない」

「オッケー、後輩ちゃんたちは何かないかい？」

「僕はないです」

「私もない」

部員の視線が清水さんに集中する。

「……私もねえよ」

「よし、王様ゲームのルール説明は終わりだね。それじゃあ王様ゲームスタート！」

「王様だーれだ！」

「私が王だ！」

「お前かよ」

「幸運の女神は私のことを気に入っているみたいだぜ」

今度の王様も愛さんだった。今度は一体どんな命令を出すのだろう。

「ターゲットは誰にしようかな」

愛さんはそう言って周りを見回す。思わず愛さんから目を逸《そ》らす。

「あ、目逸らしたね？　それなら大輝君にしようかな」

「そんな狙い通り命令できるわけねえだろ」

それはそうなのだが、このタイミングで言うとフラグでしかない気がするのだけど。

「言ったね？　じゃあ見せてあげよう私の力を。命令、二番と四番の人は恋人つなぎで一緒に自動販売機まで行ってジュースを買ってくること！」

複数人同時に命令することもできるのか。そういえば今回はまだ自分の数字を確認していなかった。手元のくじを見るとそこには四と書いてあった。

「二番と四番の人は誰かな？」

「四番は僕です」

「オッケー、もう片方の人も早く挙手してね」

数秒ほどするとある人物が渋々といった感じで手を挙げた。

「……二番は私だ」

「そしたら大輝君と圭は恋人つなぎでジュース買ってきてね。はい、これお金」

「あ、ありがとうございます」

そう言って愛さんは僕に二百円を手渡してきた。

「おい、拒否したいから審議させろ」

「え〜、もう審議ですか。まあいいでしょう。それでは陽介さんと澪ちゃん、この命令はありかなしか。なしだと思ったら挙手。せーの！」

　挙手したのは陽介さんだけだった。

「おい、瀬戸！」

「今日が平日だったらダメだと思う。だけど今日は休みで学校に人が少ない。だからあまり人に見られる心配もないからギリギリセーフ」

「とのことです。それではお二方命令を遂行してください。あ、ちなみにジュースを買う時以外に手を放した場合は最初からやり直しですのであしからず」

「ぐぬぬ……。後で覚えとけよ……」

　清水さんは心の底から悔しがっているように見える。

「やれるものならやってみなさいな。ほら早く二人とも手をおつなぎになって」

「清水さん早くやって終わらせよう？」

　席を立って清水さんに手を差し出す。

「ちょっと待て」

　そう言うと清水さんは目を閉じ大きく深呼吸をした。そんなに覚悟が必要なのだろうか。

「……手つなぐぞ」

「うん」

清水さんの左手が僕の右手に段々近づいてくる。清水さんの手が大分近づいたところで僕はその左手を握った。

「ひゃっ」

清水さんから普段は発することはないであろう声が出た。顔を真っ赤に染めながら清水さんがこちらを睨《にら》んでくる。

「ごめん。手を握るのが早かったかな？」

「……さっきの声は聞かなかったことにしろ」

「わ、分かった」

「ならいい、行くぞ」

僕と清水さんの自動販売機を目的地とした旅が始まった。


部室を出て数分後、僕と清水さんは未《いま》だに自動販売機に到着していなかった。というのも、休日の学校にも意外と人はいて、その人たちに見つからないよう物陰に隠れたり来た道を戻ったりしていたからだ。あと、そもそも部室から自動販売機までが少し遠いこともある。

「思ったより休日の学校の中って人いるんだね」

「そうだな」

清水さんはそう言いながら今も周囲を警戒している。そんな警戒度マックスな清水さんを見ていると、そういえば今日はまだその髪型について触れてなかったことを思い出した。

「今更だけど今日清水さん髪型ハーフアップにしてきたんだね」

「いきなりなんだよ。なんか文句あるのか！」

「文句なんてないよ。ただ似合ってるなと思っただけ」

「……そうか」

「いつものロングヘアも清水さんの綺麗《きれい》な髪が際立っていいけど、ハーフアップもいつもと印象が全然違ってて僕はいいなって思うよ」

「だ、誰もそこまで言えとは言ってねえだろ！」

清水さんの僕の手を握る力が強くなる。

「ちょっと手が痛いかな」

「わ、悪い」

力が一気に弱まる。先ほどより清水さんの手に熱がある気がする。

「清水さん、手がさっきよりも熱いけど大丈夫？」

「……気のせいだ」

「そう？」

「そうじゃなきゃなんだっていうんだよ」

「清水さんも僕と一緒で緊張してるのかなって」

「なっ……」

「こういう風に手を絡めてつないだことって経験なかったからさ。正直、僕は結構ドキドキしててさ。清水さんは緊張しない？」

清水さんから返事は戻ってこない。余計なことを言ってしまっただろうか。心配になっているとようやく清水さんが口を開いた。

「お前と一緒にするな。私は手をつなぐのなんか恥ずかしくなんてねぇ……」

なぜか清水さんの声はいつもより小さい。

「そうなんだ。それなら手が熱く感じたのも僕の勘違いだったのかも」

「そ、そうだ。ほら、しゃべってないで早く行くぞ」

「うん」

清水さんは前にも誰かと手をつないだことがあったのかもしれない。それなら緊張していないのも納得がいく。ただなぜだろう。そう考えると心が少しピリッとなった気がした。

更に数分後、僕たちはようやく自動販売機の前にたどり着いた。愛さんはジュースを買う時は手を放してよいと言っていたので一時的に清水さんの左手を解放する。

「愛はジュースの種類までは言ってなかったから適当に買うぞ。アイツ、飲めないものほぼないからな。愛から貰った金入れろ」

「分かった」

愛さんから預かっていたお金を自動販売機に投入する。清水さんは迷うことなく炭酸水を購入した。

「おつり預かってるね」

「ああ、炭酸水は私が持っとく」

「分かった、そしたらまた手をつなごうか」

再び清水さんに右手を差し出す。

「ちょっと準備させろ」

「いいよ。……清水さん、やっぱり恋人つなぎ緊張してる？」

「し、してねえってさっき言っただろ！」

「だったらすぐに手つなげるよね？」

「ぐっ……」

清水さんは数秒ほど苦悶《くもん》に満ちた表情をしていたが、やがて何かを決心したのか視線を僕に合わせてきた。

「……してる」

「ごめん、聞こえなかったからもう一回言ってもらっていい？」

「緊張してるって言ったんだよ！　恋人つなぎなんて誰ともしたことなんてねえんだから

誰が相手でも少しは緊張するだろ！」

清水さんは誰かと恋人つなぎを経験していたわけではなかったのか。僕の予想は外れていたようだ。それが分かった瞬間、ピリッとした気持ちがどこかへ消えたような気がした。

「ほら満足しただろ！　もう行くぞ。手を出せ！」

「う、うん」

改めて清水さんに右手を差し出す。すると清水さんは迷うこともなく左手でしっかりと僕の右手を握ってきた。


旅立ってから十分以上経っただろうか。ようやく僕と清水さんは部室へと戻ってきた。

「あ、ようやく帰ってきたね二人とも」

「ほらこれでいいだろ」

そう言って清水さんは愛さんに向けてペットボトルを放り投げた。愛さんは慌てながらもなんとかキャッチする。

「ナイスキャッチ！」

「自分で言うな」

「道中ちゃんと手をつないでいたかい？」

「当たり前だろ」

「と本人は言っておりますがどうでした？　監視役の澪ちゃん」

「清水さんの言う通り、二人はジュース買う時以外はずっと手をつないでた」

後ろから声がしたのでそちらに目をやるとそこにはなんと瀬戸さんが立っていた。発言から察するに、隠れて僕と清水さんを監視していたらしい。全く気付かなかった。

「オッケー、それならミッションコンプリートだね」

「満足したか？」

「もちろんですとも。それでお二人はいつまで仲良く手をつないでいるんだい？」

僕も清水さんも何も言わなかったが同時に手を放した。

「あれ、手を放しちゃうの？　命令がなくても手をつないでいてもいいんだぜ？」

「だ、誰が命令もなしで恋人つなぎなんてするか！」

「そういう割に圭、このままずっと手をつなぐのもやぶさかではないって顔してたけど？」

「そんな顔してねえ！　本堂もコイツの言葉、真に受けんなよ！」

「う、うん」

「動揺しちゃって可愛《かわい》いねぇ。大輝君は圭と恋人つなぎしてみてどうだった？」

愛さんからのキラーパスはどうやったら予想できるようになるのだろう。

「結構ドキドキしました。恋人つなぎって緊張しますね」

「ほほう、だって圭さん」

「私に振るんじゃねえ！　本堂がどう思ってようが私には関係ねえ。さっさと次行くぞ」

「素直じゃないこと。まあ確かに時間が思ったよりもかかっちゃったし、急いで次の王様を決めますか」


「王様だーれだ！」

今回僕が引いたくじを確認する。そこには王と書かれていた。

「僕が王様引きました」

「なるほど、それなら次の王様は大輝君だね。さあ王よ、命令をお願いします」

「えっと、命令します。一番の人は僕が指定した生き物のものまねを他の人に当ててもらうまで続けてください」

「おお！　面白い命令だね！　さて一番の人は誰ですか？」

「私」

挙手したのは瀬戸さんだった。

「それじゃあ二人とも準備して」

スマホの画面にとある動物の名前を打ち込み瀬戸さんに見せる。

「分かった……」

「準備はいいかい？　それじゃあものまねスタート！」

瀬戸さんはまずゆっくりと席を立ち、それから手を両方猫の手にした。

「がるる……」

「ぶっ」

完全に棒読みだ。思わず清水さんが吹き出す。

「はい、ライオン！」

愛さんが元気よく答えた。

「惜しいけど違います」

「それなら機嫌が悪い時の圭！」

「誰がライオンに近い生き物だ！」

限界だったのか清水さんがツッコミを入れる。

「おい愛、大喜利大会にするな」

「分かったよ。それじゃあ澪ちゃん、続きよろしく」

「がるっ」

返事が猛獣仕様になっている。お題の生き物になりきろうとしているみたいだ。

瀬戸さんは少し考えた素振りをした後、なぜか僕の方に近づいてきた。

「がおー」

鳴き声と共に僕のリュックにポンポンと猫の手にしたまま触れる。

「あの、瀬戸さん？　もうリュックの中にどら焼きはないよ？」

「がお……」

心なしか鳴き声に元気がない。もう一個くらいどら焼き買ってくれば良かったと思っているると視線を感じた。周囲を見渡すと清水さんがギロリと僕を睨みつけていた。

「はい」

「し、清水さん」

「女豹《めひょう》」

「せ、正解」

本当の答えは豹だったけど、正解にしていいだろう。というか正解にしなければいけない気がする。

「おお、圭、冴《さ》えてるね！」

愛さんの言葉に耳を貸すことなく清水さんは瀬戸さんの方を向いた。

「おい、もう終わったぞ瀬戸」

「……はっ、心まで豹になっていた」

「豹はどら焼きなんて欲さねえだろ」

なんとなくだけど前よりも清水さんと瀬戸さんの仲が良くなってきたように見える。僕が知らない所で何かあったのだろうか。

「よし澪ちゃんも人に戻ったことだし次にいきましょう！」

「次こそ私が王になってやる……」


「今回も私が王様なのさ！」

「なんでまたお前なんだよ……」

王様ゲーム三回戦。愛さんが二度目の王様になった。もしかすると愛さんは豪運の持ち主なのかもしれない。

「さてさて次は誰にしようかな？　澪ちゃんいっちゃう？」

「嫌」

「あら残念、拒絶されちゃった。それなら圭にしようかな」

「当てられるものなら当ててみやがれ！」

「言ったね？　それなら命令、三番の人は四番の人に壁ドンしてカッコいいセリフを言う」

このパターン、なんとなく嫌な予感がする。もう一回くじを確認するとそこには僕の予想通り三と書いてあった。

「……三番は僕です」

「……だ」

「圭なんて言ったの？　声が小さくて聞こえないよ？」

「こんなのイカサマだ！　こんなに連続で狙い通りに当てられるわけないだろ！」

どうやら四番を引いたのは清水さんだったようだ。確かに愛さんは王様になる確率も高いし、狙った人に毎回命令を出している。今のところ百発百中だ。清水さんが疑うのも無理はない。

「それならどうやって私はみんなの番号を当てているのかな？」

「ぐっ……」

「証拠もなしにイカサマだなんてひどいです……」

愛さんがハンカチで目元を押さえる。涙は出ていないと百パーセント断言できる。

「……絶対証拠摑んでやるからな」

「頑張ってください刑事さん。それでは命令実行よろしく！」

愛さんの透視能力には一体どんなカラクリがあるのだろう。気になるけどそれを考える前に、まず僕は愛さんから下された命令を遂行する必要があるのだった。

「愛さんいい感じのセリフって何を言えばいいんですか？」

「そこは大輝君に任せるよ。もし思いつかないなら私が提案してもいいけど」

少し考えてみる。残念ながら僕にはいい感じのセリフを思いつけなかった。

「思いつかなかったのでセリフ教えてもらえませんか？」

「いいよ！　ちょっとお耳を頂戴します」

そう言うと愛さんは僕の近くまで来て耳打ちした。

「本当にそれを言わないとダメですか？　さすがにちょっと恥ずかしいというか……」

「大輝君がもっとカッコいいセリフを思いつくならいいけど、無理ならそれで頼むぜ」

「おい、本堂に何言わせるつもりだ」

「それはトップシークレット。本番でのお楽しみさ」

愛さんが清水さんに向けてウインクを飛ばす。清水さんはそれを手で払いのけた。

「……分かりました。愛さんのセリフにします」

「うむ、いいじゃろう。それでは二人とも準備開始じゃ！」


「二人の位置は大体ここらへんでいいかな」

現在、僕と清水さんは王様兼演出の愛さんによって部室の壁際に追いやられていた。

「僕あまり壁ドンについて詳しくないんですけど、具体的にはどうすればいいんですか？」

「簡単だよ。圭を壁に追い詰めて左手で壁をドンしてセリフ、右手で更にドンしてセリフでフィニッシュです！」

「説明適当すぎんだろ」

「そんなことないよ。大輝君伝わってるよね？」

「まあなんとなくは……」

壁ドン自体を知らないわけではないのでできなくはないと思う。

「よし！　それじゃあ二人とも心の準備はいいかい？」

「大丈夫です」

「ああ」

「いい返事だ。私がスタートって言ったら始めてね」

清水さんが真剣な表情になる。僕も羞恥心を捨て演技に集中することにした。

「それではスタート！」

その声と同時に僕は清水さんを元いた位置から更に壁際に追い詰める。やがて清水さんは壁に背中がぶつかり後ろに進めなくなった。そのタイミングで僕は左手で清水さんの顔の左側にある壁を叩《たた》く。

「もう逃げ場はないぞ」

「……どうするつもりだよ」

清水さんは僕が何を言うか知らないのでこれは素のリアクションだ。

「ここまでしてるのに分からないのか？」

「わ、分からねえよ……」

次の瞬間、右手で勢いよく清水さんの顔の右側にある壁を叩いた。

「お前を誰にも渡したくない。ずっと俺の側にいろ」

「なっ、なっ……」

「はい、カット！　いい壁ドンだったね！　見てるこっちもドキドキしたよ」

すぐに清水さんから距離をとる。清水さんの顔を見るとどう見ても先ほどより赤かった。多分、僕の顔もそうなっていると思う。恥ずかしいというより、もはや消えてしまいたい。

「どうでしたか観客のお二方」

「本堂君演技うまいな。思わぬ才能だ」

「清水さんも反応がよかった」

「観客の皆様にも大好評でございました！　それではまた次の機会がありましたら第二部ご期待ください！　それじゃあ一旦休憩しましょう！」

「休憩？」

「圭が大輝君のウィスパーボイスで行動不能になっちゃったからね」

改めて清水さんの方を見ると清水さんは壁ドンをした場にへたりと座り込み、頬《ほお》に手を当てていた。


休憩後も王様ゲームは続いた。愛さんは二回に一度のペースで王様になり、その度に瀬戸さんに膝枕をさせたり陽介さんに肩もみをさせたりとやりたい放題だった。ちなみに清水さんはその間一度も王様になれなかった。

「次なんだが俺が最初にくじを引いていいか？」

「よ、陽介さん？　急にどうしたんですかねぇ？」

なぜか愛さんは分かりやすく動揺している。一体どうしたのだろうか。

「なんだ、都合が悪いことでもあるのか？」

「べ、別に？　まあ後輩たちもそれでいいと言っているんだからいいんじゃないですか？」

「それなら決定だな。さてくじを引こうか」

僕たちは陽介さんの意図が分からないまま順々にくじを引いていった。

「王様だーれだ！」

数字を確認する。今回の僕の数字は三だった。

「……俺だ」

陽介さんの手には王と書かれたくじが握られていた。

「おい、愛」

「なんですかな？」

「みんなに謝るんだったら今のうちだぞ」

「何を言っているのかさっぱり分かりませんな」

「……しょうがない。それなら命令だ。二番の人は今から俺が質問することに対し、その内容が合っているかいないかを嘘偽《うそ》りなく答えなくてはいけない」

「……に、二番は私だけど陽介は何を聞くつもりなのかな？」

「お前のやっていたこと。圭の言葉を借りるならイカサマのカラクリってやつだ」

陽介さんは全く予想していないことを言い放った。

「みんな自分のくじの上の部分を見てみてくれ。よく見ると角が削れてないか？」

言われた通りにくじを見てみると確かに四つ角のうち三つが少しだけ削れている。

「一番の人は一つ、二番は二つ、三番は三つと、くじの数字に対応するよう角が削れているはずだ。ちなみに王と書かれたくじはどの角も削れていない」

「……そういうことか」

「圭はもう分かったようだな。愛はくじの上の角を確認することで王様になったり、狙った相手に命令を出したりしていたんだ。そうだよな愛？」

みんなの視線が一斉に愛さんに集まる。

「ふふ、ふはは、ふーはっはっはー」

「あ、愛？」

「バレてしまっては仕方がねえ。そうだ、私はくじにあらかじめ細工をしておくことにより何度も王になっていたのさ！」

「認めるんだな」

「ああ、いい推理だったぜ探偵さん」

「探偵になった覚えはないんだが……」

「さて謎も解決したし一件落着！　さて次は何をしようか……」

愛さんの肩を清水さんがガシッと摑《つか》んだ。

「ん？　どうしたのかな？　ヒィッ」

愛さんが悲鳴をあげる。愛さんの肩を摑む清水さんは修羅の顔になっていた。

「よくも堂々とイカサマしてくれたなぁ。お前これからどうなるか分かってんだろうなぁ」

「ど、どうなるんです？」

清水さんは今まで見たことがないドス黒い笑みを浮かべた。

「ちょっと廊下出ろ」

「え、ちょっと。い、嫌だ。ごめん、本当にごめんなさい。許して、助けて、嫌だ〜」

愛さんの必死の抵抗にもかかわらず、清水さんは愛さんを廊下まで引きずっていった。

「アギャー！」

愛さんの悲鳴が部室まで響いてくる。

「……本堂君、世の中には見ない方がいい光景もある」

「はい……」

それから廊下で何があったのか。それを知るのは清水さんと愛さんだけなのだった。

第八章 清水さんとタコパ

「お腹《なか》減ったね」

王様ゲームが終わってから三十分ほど経過した。清水《しみず》さんによって廊下に連行された後、しばらくごめんなさいしか言わなかった愛《あい》さんもようやく元気を取り戻していた。

「確かに」

「お前はさっき本堂《ほんどう》から貰《もら》ったどら焼き食ってただろ」

「どら焼きは別腹」

瀬戸《せと》さんは思っていたより健啖家《けんたんか》のようだ。

「そうだな。確かにそろそろいい時間だし行くか」

「行くってどこへ？」

そういえば昨日スーパーで買った食料の中でお菓子とジュースの一部しか部室にはない。

他の食材は一体どこにあるのだろう。

「それはもちろん調理室ですとも！」

「到着！」

部室を出て数分後、僕たちは調理室に到着した。

「食材は学校に来た時にこっちの冷蔵庫に入れておいた」

「調理室に来たのはいいけど何を作るんだ？　というか包丁とか火とか、先生がいないのに使っていいのか？」

「作るものは後から説明する。包丁や火に関しては文化祭などの特例でない限り生徒だけでは使用許可はまず下りないな」

「じゃあどうするんだよ」

「そう焦るな。今回作る料理は火を使わずにできる」

そういうと陽介《ようすけ》さんは調理室の奥からダンボール箱を持ってきて、僕たちが囲んでいるテーブルの上に置いた。そのダンボール箱には大きくタコ焼き器と書かれていた。

「タコ焼きですか？」

「ザッツライト。タコ焼きなら火を使わずにできるし具材はあらかじめ切ってタッパーに入れてきたから包丁をここで使わなくてもいい。様々な具材を用意してきたから飽きずに楽しめると思うよ」

「タコ焼き器なんて学校にあったんだな」

「文化祭の時くらいしか基本使わないから知らないのも無理はない。事前に使用許可さえとれば文化祭の時でなくても貸してもらうことはできるぞ」

陽介さんがそのことを知っていたのは、おそらく生徒会役員として備品整理などの仕事をしていたからだろう。

「そんな説明はいいとして早速タコパの準備始めちゃおうぜ！」

こうして僕たちはタコ焼きを作る準備を始めた。

調理を開始してから数十分後、愛さんを中心にタコ焼き作りは順調に進められた。どうやら愛さんは以前にもタコ焼きを作った経験があるみたいだ。

「はいはい、一回目できました！　みんなのお皿に乗っけるよ」

愛さんはそう言うと慣れた手つきで全員の皿にタコ焼きを乗せていった。

「さすが愛だな。調理に関しては信頼できる」

「褒めてもタコ焼きしかでませんぜ。まあ食べちゃってよ」

「そうだな。それではいただきます」

「いただきます」

他の天文部員たちも陽介さんに続いて手を合わせる。はじめにタコ焼きを食べたのは瀬戸さんだった。

「……おいしい」

「おお、澪《みお》ちゃんにそう言ってもらえると嬉《うれ》しいね」

瀬戸さんに続き僕もタコ焼きを口にする。できたてのタコ焼きは少し熱くそしてとてもおいしかった。

「どう大輝《だいき》君？」

「すごくおいしいです。できたてのタコ焼きっていいですね」

「大輝君からも高評価！　圭《けい》は？」

「まだ食ってねえよ」

そう言うと息でフーフーと冷ました後、清水さんもタコ焼きを口にした。その様子をワクワクしながら愛さんが見ている。

「あんまこっち見んな。まあ悪くないんじゃねえか」

「主語を翻訳するとおいしい、お姉ちゃん大好き、だね！」

「前半はともかく後半は完全な誤訳だろ」

「じゃあおいしかったんだ。良かった」

愛さんのポジティブシンキングは止まるところを知らない。

「俺には聞かないのか？」

「聞くまでもないでしょ。私、陽介の胃袋摑《つか》んじゃってますから！」

愛さんが手で何かを握りつぶすポーズをとる。

「その動きだと陽介の胃袋破裂するぞ」

「まあ確かにお前の料理がなんでもおいしいのは事実だからな」

「え？　ま、まあね」

珍しく愛さんが動揺している。なかなか見られない光景だ。

「フッ」

「なんだね圭君、その生温かい目は」

「いや、陽介に褒められて良かったなと思ってな」

「べ、別に陽介に褒められても嬉しくなんてないんだからね！　あ、これ圭のマネね」

「モノマネの精度低すぎだろ。というか恥ずかしいのをごまかしてんじゃねえ」

「恥ずかしくなんてないし、むしろ私の料理の腕すげえって思ってるし」

「愛先輩おかわり」

「はーい。おかわりね」

こうして和気藹々《わきあいあい》としながら一回目のタコ焼きはみんなに食べられていった。

「二回目だけど、せっかくなら作る人変えてみようか。その方がみんなも参加できて楽しいだろうし」

そういうと表情を暗くした人が二名ほどいた。

「悪いが俺は辞退させてほしい」

「私も作りたくねえ」

「天文部お料理苦手衆のお二人、タコ焼き作るのは楽しいよ？　怖くないよ？」

清水さんはともかく陽介さんまで料理が苦手なのは意外だった。

「何もしないわけじゃない。後片付けはもちろん人一倍頑張るつもりだ。だからどうかタコ焼き作りは他のみんなで頼む」

「まあ確かに無理強いするのは良くないか。それなら澪ちゃんか大輝君挑戦してみない？」

「じゃあ僕作ってみてもいいですか？」

「もちろん！　では二回目作るのは大輝君ということで決定！」


「できました」

「おお、いい匂い！」

最初はうまくタコ焼きができるか不安だったが、愛さんの指導もありなんとか綺麗《きれい》な形のタコ焼きを作ることができた。

「やっぱり普段から調理してる大輝君は筋がいいね」

「ありがとうございます。愛さんが教えてくれたおかげです」

「まあそれもあるかもね」

愛さんがいたずらっ子のように笑った。

「できたし早速盛っちゃおうか」

「はい」

竹串を使いみんなの皿にタコ焼きを乗せる。ソースやマヨネーズなどをかけタコ焼きをみんなが一斉に口にしていく。

「おいしい」

「そうだね、中身もバッチリ」

安心して僕もタコ焼きを口にする。みんなの言う通りタコ焼きはしっかりできていた。

「大輝君の手料理食べてみて圭はどう？」

「なんだよ。その聞き方」

「いいじゃないですか、感想教えてよ感想」

「……まあ悪くねえんじゃねえか」

清水さんも満足してくれたようだ。内心ほっとする。

「素直じゃないなぁ。せっかくなら自分だけのために作ってもらいたかったなとか言えばいいのに」

「誰がそんなこと言うか！」

「まあいいや。次は澪ちゃんでいい？」

「問題ない。ただ質問がある」

「質問？　なんでも先輩にお聞きなさい！」

「タコパではタコ焼きの具材はタコ以外にも入れていいと聞いた」

「そうだね。タコの他にもウインナーとかチーズとか冷蔵庫の中に色々用意してあるよ」

「私には試したいものがある」

そう言うと瀬戸さんは一人冷蔵庫に向かい、あるものを持ってきた。その手にはあんこと書かれたチューブが握られていた。

「……おい、まさか試したいことって」

「そう、あんこを具材にしたタコ焼きを作りたい」

調理室が一瞬静まり返った。

「いつの間にあんこなんて用意してたんだ」

「昨日の買い出しの時に買った」

「確かに昨日澪ちゃんこっそり何かカゴに入れたと思ってたけど、それだったんだ」

「お前が好きなのはどら焼きのはずだろ。タコ焼きの具材をあんこにしてもどら焼きにはならねえぞ」

「生地があってあんこがある……実質どら焼き」

「お前の定義だと大判焼きでもなんでもどら焼きじゃねえか！」

あんこ

清水さんの鋭いツッコミが光る。

「とにかく挑戦させてほしい。大丈夫、いざとなったら全部私が食べる」

「それはお前が食いたいだけだろ」

みんなの心に不安が過る中、三人目の挑戦者が決まった。


「完成」

できあがったタコ焼きは少々形が歪《いびつ》なもののおいしそうに見えた。

「みんなお皿出して」

心なしか全員先ほどより皿を出すのが遅い気がする。

「陽介」

「どうした」

「あーん」

「なっ、急に何やってるんだ！　お前さては俺を人柱にするつもりだな」

「なんのことかな？　美少女からのあーんだぞ？　断る選択肢なぞあるまい」

「自分で美少女って言うんじゃねえ」

陽介さんは僕や清水さんの方を気にしながらもタコ焼きを口にした。

「……なんだろうな。思ってたより悪くないな。ハチミツとかかければもっとおいしいかもしれん」

「え？　本当？　陽介、あーん」

「なんでお前にあーんって言われないといけないんだ」

「あーんされたならあーんで返さないと」

「……しょうがないな。あ、あーん」

愛さんは笑顔でタコ焼きを口にした。

「……ん！　確かに案外イケるかも！　なんか和風デザートって感じだね」

「やっぱりあんこは最強」

瀬戸さんの表情はいつもと変わらないがどこか得意げだ。

「さて次は君たちの番だよ」

「別にそこまでまずいわけではなさそうだし食うぞ」

「じゃあまずはどっちからあーんする？」

「へ？」

愛さんが何かすごい提案をしてきた気がするのだけど。

「な、なんで私たちまであーんしないといけないんだよ！」

「いいんだ。圭は私と陽介の仲良し度に負けても」

「煽《あお》ればなんでも私が乗ると思うなよ」

「へぇ、まあ圭には無理だよね。そんな勇気なんてないもん」

愛さんが悪い笑みを浮かべている。なんだか次の展開が分かった気がする。

「……ったよ」

「何？　よく聞こえなかったからもう一回言って？」

「分かったよ！　あーんくらいしてやる！」

「清水さん……」

久々に清水さんの煽りへの耐性のなさを確認した気がする。

「おい、本堂やるぞ！」

「う、うん」

思わず清水さんの圧に負けて頷《うなず》いてしまった。ただ元より僕に断る選択肢は用意されていなかったように思える。

「それじゃあ最初は僕からでいい？」

あーんする方とされる方だったらする方が恥ずかしくないはずだ。

「ああ、いつでもこい」

「あーん」

清水さんは一瞬だけ躊躇《ちゅうちょ》したがタコ焼きを口に入れた。

「どうかな圭？　感想は？」

「……甘い」

「ふむふむ、なるほどね」

愛さんがニヤニヤしながら清水さんの方を見ている。

「なんだよ」

「いや、甘かったのはタコ焼きかそれとも……。あ、睨《にら》まないでくだされ」

「睨まれる原因作ったのはお前だろ」

「次は大輝君の番だね」

「話逸《そ》らすな」

「逸らしてないよ。ほら、圭、大輝君にあーんしてあげて？」

清水さんは僕の方をチラチラ見た後、観念したのかタコ焼きにつまようじを刺した。

「……あーん」

清水さんがタコ焼きを僕の方に近づけてくる。その顔が赤いのはタコ焼き器の熱気のせいではないと思う。

ここで止まっていても終わらない。僕は思い切ってタコ焼きを口に入れた。

「どう大輝君？」

「……すごく甘いです」

そう言ったもののドキドキしすぎて僕には味などまるで分からなかった。

第九章　清水さんと突然の来訪者

「あと一時間くらいで湯浅《ゆあさ》先生来るって連絡きたよ」

「もうそんな時間か」

「いよいよ天体観測本番楽しみだね！」

「星、綺麗《きれい》に見れるといいですね」

「今日は快晴だと天気予報で言っていたから大丈夫だと思う」

「おお！　澪《みお》ちゃんも天気予報確認しちゃうほど楽しみにしてくれてたんだね！」

「少し気になっただけ」

「もう、澪ちゃんも圭《けい》と同じで素直じゃないね！」

「おい、私を巻き込むな」

みんなが天体観測の時間が近づきソワソワしていると突然僕のスマホの着信音が鳴った。

「すみません、ちょっと電話してきます」

「オッケー、いってらっしゃい」

廊下に出て確認すると父親からの電話だと判明した。両親は今日僕が出かけることはもちろん知っている。だから電話の目的が全く分からない。とりあえず一旦電話に出てみることにした。

「もしもし父さん？」

「おお、良かった。出てくれたか」

「どうしたの？」

「それなんだが輝乃《きの》そっちに行ってないか？」

「え？　来てないけど。どうしてそんなこと聞くの？」

「お兄ちゃんを連れ戻しに行ってくるって書き置きを残して輝乃がいなくなったんだよ」

「ええ？」

突然のことすぎて脳の処理が追いつかない。

「輝乃のことだから本当に大輝《だいき》の高校まで行ったと思うんだ。だから輝乃が大輝のところに来たら連絡してくれ」

「わ、分かった」

「ごめんな。せっかく楽しんでいる最中なのに」

「ううん、教えてくれてありがとう。校門とかで輝乃が来るか見張ってなくていいの？」

「それで入れ違いになる方が怖い。だからそのまま大輝はそこにいてくれ」

「分かった」

「もしも輝乃が途中で諦めて家に帰ってきた場合はこっちからもう一度連絡する」

「了解」

「それじゃあ頼んだぞ」

電話が切れた。輝乃はなぜ僕を家に連れ戻そうとしているのだろう。少し思い返してみると今日の輝乃は確かにいつもとどこか様子が違っていた。出かける直前も輝乃は僕に何か話そうとしていた気がする。

(輝乃は何を考えているんだろう)

答えは本人に聞いて確かめるしかない。とりあえず僕は部室に戻ることにした。

「あ、大輝君戻ってきたね」

「突然抜けてしまってすみません」

「雑談中だったから全然問題ないよ。ちなみに電話の内容は聞いていい系?」

「それなんですけど妹がなぜかここに来ようとしているみたいなんです」

「え、どういうこと?」

愛《あい》さんが首をかしげる。確かにここだけ聞いても意味が分からないだろう。

「詳しくは分からないんですが、どうやら僕を家に連れ戻そうとしているらしくて……」

「余計に分からなくなったよ。大輝君の妹って確か輝乃ちゃんだよね?」

「そうです」

「圭よりも可愛《かわい》い」

「おい」

「まあそれは冗談として、輝乃ちゃんが大輝君を家に連れ戻そうとしてる理由に心当たりはないの？」

「うーん……」

考えてみたがこれだという理由は思いつかなかった。

「……ないですね」

「そっか、それなら輝乃ちゃんが来たら聞いてみるしかないね」

その時、部室のドアがゆっくりと開く音がした。ドアの方に視線を向ける。

そこには少し開いたドアの隙間から、こちらを覗き見している輝乃の姿があった。輝乃は僕の声に少し驚いた後、恐る恐る部屋の中に入ってきた。

「輝乃！」

「可愛い！　もしかして君が輝乃ちゃんかな？」

「は、はい……」

「ごめん、ちょっと怖がらせちゃったかな？　私、清水《しみず》愛っていいます。気軽に愛ちゃんって呼んでね」

「はい……」

輝乃は完全に警戒している。知らない人がたくさんいるところでは輝乃は警戒モードになってしまう。

「輝乃、父さん心配してたよ」

「お兄ちゃんのところに行ってくるってメッセージ残してきたんだけどな」

「それでも急にいなくなったらみんな心配するよ。まあ見つかって良かった。今から父さん呼ぶから車で一緒に帰ってね」

「……ヤダ」

「え？」

「嫌だ。お兄ちゃんも一緒に帰るの」

輝乃がワガママを言うのは珍しいことではない。だけどここまでのワガママは今までに例がないような気がする。

「そんなこと言わないで。僕も天体観測が終わったら帰るから」

「ダメ、すぐに私と一緒に家に帰って」

「なんでそんなこと言うの？」

「だってお兄ちゃん……」

「おい、本堂《ほんどう》の妹。あまり本堂を困らせるんじゃねえ」

「……誰、この怖い人」

輝乃の声がいつもよりかなり低い。機嫌が相当悪い証《あかし》だ。

「怖くないよ。こちらは清水さんだよ」

「……分かった」

「輝乃？」

「分かった。この怖い女の人がお兄ちゃんを無理やり天体観測に誘ったんだ。お兄ちゃんは優しいから断れなくて、いたくもないのにここにいるんでしょ……」

「輝乃！」

自分でも驚くくらい大きな声が出た。

「お、お兄ちゃん？」

「清水さんに謝りなさい」

「な、なんで、私、何も悪くない……」

「謝りなさい」

「お兄ちゃん……」

次の瞬間、輝乃は突然ドアの方を向き駆け出した。

「輝乃！」

慌てて僕も廊下に出たがそこにはもう輝乃の姿はなかった。

「すみません、輝乃のこと捜してきます」

「待て」

「ごめん清水さん、早く輝乃を捜しに行かないと……」

「お前、妹の行きそうな場所に心当たりはあるのか？」

聞かれて返答に困る。確かに輝乃がどこに行ったのかなんて予想もつかない。

「それは……ないけど」

「……私も行く」

「え？」

「私も一緒に捜す。元はといえば私が下手にお前の妹に声かけたせいでもあるからな」

「でも清水さんには関係ないし……」

「お前だって前に関係ないのに私のこと捜しに来てくれただろ。それに人が多い方がすぐ見つかるはずだ」

確かに一人で捜すよりも複数人で捜した方が効率ははるかにいい。

「そうそう、だから私も協力するよ」

「私も手伝う」

「もちろん俺も協力するぞ」

「愛さん、瀬戸《せと》さん、陽介《ようすけ》さん……」

「お前もこんな時くらいは人を頼れ。頼っていいくらいにはお前、いつも人のこと助けてるだろ」

そうだろうか。僕はいつも助けられてばかりな気がするけれど。でも清水さんが言うなら僕も少しは人の助けになれているのかもしれない。

「……ありがとう清水さん。力を貸してもらっていいかな」

「おう、任せろ」

こうして僕たちは全員で輝乃を捜すことになった。

※　※　※

「うぅ、お兄ちゃんのバカァ……」

溢《あふ》れる涙を止めることができない。私は日が沈みかけていく中、一人ぼっちで泣いていた。悪いのはどう考えても私だ。勝手に不安になって、勝手に高校まで来て、好き勝手なことを言って。お兄ちゃんが怒るのも無理はない。

ただ頭で分かっていても心はそう思ってくれなかった。お兄ちゃんはどんな時でも私の味方をしてくれると心の中で思っていた。

（あんなに怒ったお兄ちゃん初めて見た……）

私がどんなに今までワガママを言っても、注意されることはあっても怒られたことは覚えている限り一度もない。

（お兄ちゃんが怒ったのって、私があの人のことを悪く言ったせいだよね……）

黒くて綺麗な長い髪が印象的な女の人。口が悪くて怖そうな人。きっとあの女の人は私がお兄ちゃんに怒られたからせいせいしているだろう。

そんなことを思っていると足音が聞こえた。

「だ、誰？」

現れたのは私の待っていた人ではなかった。

※　※　※

「ここにいたか」

天文部全員で捜索を始めてどれくらい経《た》っただろう。私はついに目的の人物を見つけた。

「こ、怖い人」

「誰が怖い人だ」

怖がられることは別に珍しくないしあまり気にしないが、直接言われるとやや複雑だ。

「どうしてここが分かったの？」

「一年の頃はいつも授業をサボるために人が来ない場所探してたからな。ここもそのうちの一つだ」

「……怖くて悪い人だ」

「まあいい人ではねえよ」

もしも私がいい人だったらここに来て本堂の妹を見つけることはできなかっただろう。

「それで何しに来たの」

「何しに来たと思う？」

「哀れな私を笑いに……」

私の印象は自分で思っていたよりも酷《ひど》かったようだ。

「さすがにそこまで悪い人じゃねえ。本堂に頼まれてお前を捜しに来たんだよ。ほら、部室戻るぞ。本堂もお前のこと心配してる」

「……戻らない」

「は？」

「戻らないって言ったの。きっとお兄ちゃんまだ怒ってるし……」

「……そうか」

私は本堂の妹から少し離れた位置に腰を下ろした。

「私を無理やり連れていかないの？」

「そんなことしたって仕方ねえだろ。ただ見つかったって報告はするぞ。本堂が心配してるからな」

「……分かった」

スマホを取り出し愛に見つけたと報告する。本堂に直接連絡しないのは単純に私が本堂の連絡先を持っていないからだ。おそらく愛なら本堂の連絡先も持っているだろう。すぐに既読がつき場所を聞かれたが、一緒に戻るとだけ打ちスマホをしまった。

「少し聞いてもいいか？」

「な、何？」

「なんでお前は本堂を連れて帰ろうとしたんだ？」

本堂の妹は私に話すべきかどうか悩んでいるようだった。

「ああ、暇つぶしだから言いたくないなら無視しろよ」

それを聞くと一瞬驚いた表情をした後、首を横に振った。

「ううん、言う。少し長くなるけどいい？」

「おう、好きなだけ話せ」

「分かった。それじゃあ話すね……」

本堂の妹の話を要約するとこうだ。本堂たちの両親は仕事が忙しく、平日は遅くまで帰ってこないことも少なくなかった。ただそれでも本堂の妹が寂しいと思うことはあまりなかった。実の兄である本堂がいつも一緒に遊んでくれたからだ。風邪を引いた時には寝るまで看病し、ワガママを言えば呆《あき》れながらもできる限り叶《かな》えてくれた。

勉強や運動が人よりもずば抜けて得意というわけではないが、本堂の妹にとっては世界にたった一人だけの自慢の兄だった。

そんな本堂に最近ある変化が起きた。家に帰ってくる時間が遅くなったのだ。理由を聞くといつの間にか部活に入ったのだという。

「それで最近お兄ちゃん見てて気づいたの」

「何をだよ？」

「お兄ちゃん前よりもなんか楽しそうだなって」

「いいじゃねえか」

「良くない。だってお兄ちゃんにそんな楽しい居場所ができたら私のことなんていらなくなっちゃう」

本堂の妹は今にもまた泣き出しそうだった。

「そのうち今日みたいに遅くまで学校にいるようになって、私のことなんか放っておくようになるって思ったら怖くなって……。気づいたら高校まで来ちゃってた」

そういうことだったのか。まさか本堂もここまで妹が追い詰められていたとは思っていなかっただろう。そんな時に本堂に怒られたものだから、ついに見放されたと思いパニックになってしまったのか。言いたいことは多々あるが一言で言うとすれば……。

「バカかお前」

「え……」

「本堂がお前のことを見捨てるわけねえだろ。仮にお前より大切なもんができたとしても、アイツは絶対お前を一人になんてしねえよ」

「な、なんでそんなこと断言できるの！」

確かに本堂の妹からしてみれば、私はクラスメイトの一人くらいの認識だろう。そんな私が断言できる理由は極めて単純だ。

「アイツ……本堂のことをいつも見てるし、話を聞いてるからだ」

顔に血液が集中している気がする。今だけは頼むから顔を見ないでほしい。

「アイツと話してててお前の話が出ない日はねえよ。そのくらいアイツにとってお前は大事な存在なんだろ」

「お兄ちゃん……」

本堂の妹の目から涙が零《こぼ》れ落ちた。安心して涙腺が緩くなってしまったようだ。

「こっち来い」

「でも……」

「いいからこっち来い。今はその顔、誰にも見られたくねえだろ」

遠慮がちに本堂の妹が私の腹部に顔を押し付ける。

「聞かないでおくから泣きたいだけ泣いとけ」

なるべく優しく本堂の妹の頭を撫《な》でる。小さい頃、どこで覚えたのか私が泣きそうになった時に愛がよくやってくれたものだ。

「うぅ……、うぅ……」

数分の間、本堂の妹の泣き声が二人しかいないこの空間に唯一聞こえる音となっていた。


「あの、一つ聞きたいことがある」

「なんだよ」

天文部の部室まで戻る途中、それまで無言でついてきていた本堂の妹が急に口を開いた。

「お兄ちゃんの話をいつも聞いてるっていうのは分かるけど、どうしてお兄ちゃんのことをいつも見てるの？」

「ぐっ、それは……」

あの時は本堂が妹をいつも気にしているという話に説得力を持たせるためについ言ってしまったのだが、今になってそこを深掘りされるとは……。

「あ、分かった」

「……言ってみろよ」

「お兄ちゃんのこと好きなんでしょ！」

「うぐっ」

さっきまで泣いていた人間とは思えないくらい元気に、本堂の妹は私の精神に大打撃を与えた。

「あ、あんな奴《やつ》、好きになるわけねえだろ！」

「お兄ちゃんはあんな奴じゃないよ」

顔を見なくてもムスッとしていることがその声から分かる。この妹、なんとなく分かっていたが相当なブラコンだ。

「わ、悪い」

「それでお兄ちゃんのこと好きなの？」

「……もう着いたぞ」

「あー、ごまかした」

「なんとでも言え。準備はいいか、開けるぞ」

「うん」

部室のドアを開ける。中には私を除いた四人の天文部員が揃《そろ》っていた。

「輝乃！」

「お兄ちゃん！」

本堂と妹がその距離を縮めていき、距離がゼロになったところで抱き合った。

「輝乃、怒ってごめんね」

「ううん、私が悪かったから」

愛や陽介、瀬戸は微笑《ほほえ》ましそうに兄妹の様子を見ていた。

「無事に見つかって良かったねぇ」

「そうだな。本当に良かった」

「先輩たちに同意」

本堂は妹を離して愛たちの方を向いた。

「愛さん、陽介さん、瀬戸さん、そして清水さん、今回は輝乃の捜索を手伝ってくださってありがとうございました」

そう言うと本堂は深々と礼をした。

「そんなお礼なんていいよ。私と大輝君の仲でしょ！」

「うん、友達が困ってたら助けるのは当然」

「本堂君にはいつも世話になっているからな。少しでも役に立てたなら何よりだ」

全員の視線がなぜか私に集まる。何か言えということか。

「わ、私は前に助けてくれた時の借りを返しただけだ」

「本当に素直じゃないなぁ圭は。本堂君の力になれて嬉《うれ》しいって言えばいいのに」

「誰がそんなこと言うか！」

「あの……ちょっといいですか？」

「ん？　どうしたんだい輝乃ちゃん？」

「清水さんに言いたいことがあって……」

「だってさ、話聞いてあげて」

　なんの話をするつもりなのか。一瞬頭にさっきの会話がよぎる。

『それでお兄ちゃんのこと好きなの？』

　ないとは思うがそんなこと本堂の前で質問された日には、私はもうどうすればいいのか分からなくなってしまう。

「な、なんだよ」

　本堂の妹は私の方を見たかと思うとバッと頭を下げた。

「さっきは酷いこと言ってごめんなさい！」

「お、おい、頭上げろ。私が頭下げさせたみたいになるだろ」

　本堂の妹がゆっくりと頭を上げる。

「……許してくれますか？」

「別に元からそんな怒っちゃいねえよ」

「ありがとうございます！」

「あとそんな無理に敬語使わなくていい。調子狂う」

「分かった！　そしたらあと一つ聞いてもいい？」

「……さっきの廊下での質問以外ならいいぞ」

「清水さんの下の名前ってなんていうの？」

そういえばまだ言ってなかったかもしれない。

「圭、土の上にもう一つ土を書いて圭だ」

「なるほど……。最後に一つお願いしていい？」

「言っとくが私は本堂ほど優しくないぞ。まあ言うだけ言ってみろ」

「清水さんのこと、圭お姉ちゃんって呼んでいい？」

「なっ……」

お姉ちゃん……お姉ちゃん……お姉ちゃん……。なんて甘美な響きだろう。十六年間妹をしてきた私にとっては、そう呼ばれることに少し、ほんの少しだけ憧れがあった。

「しょ、しょうがねえなぁ。まあ好きに呼べ」

「ありがとう圭お姉ちゃん！」

「それじゃあ私は？」

「えっと、愛おばさん？」

「ぐはっ……」

「愛、大丈夫か⁉」

想定外の精神的ダメージにより愛がその場に倒れる。十秒ほどしてなんとかよろよろとしながらも立ち上がることに成功した。

「完全な不意打ちだった……。齢《よわい》十七にしておばさんと呼ばれる日が来るなんて私じゃなきゃ大変なことになってたよ……」

「輝乃、私は澪と呼んでほしい」

「澪さん？」

「それでも可」

瀬戸もおばさんと呼ばれることを恐れたのか自分の呼び方を覚えさせていた。

「あ、そうだ。圭お姉ちゃん、ちょっと耳を貸して」

「なんだ？」

「私、圭お姉ちゃんのこと応援してるから」

「なっ……」

本堂の妹……輝乃は調子を取り戻したのか、いたずらっ子のような笑みを浮かべていた。

「えっ、天体観測の前なのに帰っちゃうの！」

部室内に愛《あい》さんの驚きの声が響く。

「はい、申し訳ないですけど。暗くなってきて輝乃《きの》を一人で帰すのは不安なので」

「だったら天体観測してから帰ろうよ！　輝乃ちゃんも学校の屋上でお兄ちゃんと一緒にお星さま見たいよね！」

「う、うん」

「愛、あまり圧をかけるな。輝乃ちゃんも困るだろ」

「だってせっかくここまで準備したのに……」

「ごめんなさい……」

「ご、ごめんね、輝乃ちゃんのせいじゃないよ」

部室内がしんみりしていると突然コンコンとノックの音がした。

「入っていいかな？」

「え？　はい、どうぞ」

「失礼するよ」

「湯浅《ゆあさ》先生」

部室に入ってきたのは僕や清水《しみず》さん、瀬戸《せと》さんのクラスの担任で天文部の顧問でもある湯浅先生だった。

「ちゃんと五人揃《そろ》って……あれ？　君は誰かな？　うちの生徒ではないよね？」

「あ、あの……」

聞かれた輝乃は突然の先生の登場で必要以上に動揺してしまっている。

「それについては俺が説明します」

「分かった、私がいるとその子を怖がらせちゃうから廊下で話そうか」

「はい」

そうして湯浅先生と陽介《ようすけ》さんは廊下に出ていった。

「そうだった。もうそんな時間だったんだね」

「陽介さん大丈夫でしょうか？」

「心配しなくても陽介ならうまいこと先生に説明してくれるよ」

愛さんは陽介さんに全面的な信頼を寄せているようだ。

「まあ愛が説明するよりは百倍マシだな」

「確かに」

「君たち、私にもうちょっと期待してくれてもいいのよ？」

「ハッ」

「鼻で笑われた⁉」

「まあどうあれ最終的には先生に従うしかない」

「確かにそうだね」

　これで天体観測が中止になってしまったりしたらどうしよう。そんなことを考えていると陽介さんが部室に戻ってきた。

「おかえり陽介。どんな感じだった？」

「ただいま。今日学校に来てから今までのことを聞かれただけだ。湯浅先生は何かすることができたらしくてもう少ししてから戻ってくるそうだ」

「そうなんだ。天体観測できそうかな？」

「そこは心配ないんじゃないか？　湯浅先生も天体観測の時間までには戻ると言ってたし」

　陽介さんの話を聞いて内心ほっとする。中間試験でのみんなの頑張りがムダにならずにすみそうで良かった。

「お兄ちゃんごめんね……。せっかく楽しみにしてたのに私のせいで……」

　輝乃は自分のせいで僕が天体観測に加われないかもしれないことにずっと責任を感じて

いるらしい。落ち込んでいる輝乃の頭を撫《な》でる。

「気にしないで。今日は天文部のみんなのおかげで十分すぎるくらい楽しかったから」

「本堂《ほんどう》……」

「おーい、入るよ」

数回のノックの後、湯浅先生の声がドアの向こうから聞こえてきた。

「いいですよ〜」

湯浅先生はいつも通りの優しい表情で部室に入ってきた。

「ごめんね、待たせちゃって」

「それはいいんですが天体観測はどうするんですか？」

「その前に本堂君いいかな」

「は、はい」

いきなり呼ばれたので少し動揺してしまった。

「君はみんなと天体観測したいかい？」

「えっと、したいですけど輝乃を連れて帰らないと……」

「私が聞いているのはみんなと天体観測したいかしたくないかだけだよ？」

湯浅先生の質問の意図は分からないが、単純な二択なら選択するのは一つしかない。

「……天体観測したいです」

「なら良かった」

「え？」

「さっき本堂君のお父さんと電話して、私が輝乃ちゃんを家まで車で送り届けることを条件に本堂君と輝乃ちゃんの天体観測を認めてもらいました」

先ほどまでいなかったのはそんなことをしていたからだったのか。

「私もいいの？」

「本当はアウトなんだけどね。ただ今日はもう他の生徒や先生もいないし、みんなさえ内緒にしてくれれば問題にならないから、一緒にこっそりと天体観測してしまおう」

「湯浅先生……」

「先生も意外とワルですなぁ」

「生徒会副会長に言われると困っちゃうな。普段ならここまではしないんだけどね」

「ありがとうございます湯浅先生」

「ルールを破って生徒会長の坂田《さかた》君にお礼を言われるとは思わなかったよ。あ、できるだけ輝乃ちゃんを早く家に帰すと本堂君のお父さんと約束したから早速だけど屋上に移動して天体観測しに行っちゃおう」

「はい！」

「おお！　ここが夢にまで見た夜の学校の屋上！」

部室を出て数分後、僕たちは学校の屋上に足を踏み入れていた。

「屋上の前のドアまでは来たことがあったけど実際に入ってみると結構印象違うな」

愛さんも陽介さんもいつもは入ることのできない学校の屋上に来たことで、テンションが明らかに上がっている気がする。

「お前ら目的忘れてねえか？　今日の目的は天体観測のはずだろ」

「清水さんの言う通り」

清水さんと瀬戸さんは三年生の二人より冷静だ。

「それじゃあ、これから天体観測の時間です。基本的に自由に行動していいけどフェンスには危ないので近づかないように」

「はい！」

夜空を見上げる。街を照らす明かりがなければ更に多くの星が見えたのだろう。ただそれでも数えようとは思わないくらいには空には星々が敷き詰められていた。

「こんな夜空をしっかりと見るのは久々な気がするなぁ」

いつの間にか僕の隣には湯浅先生が立っていた。僕には先生に聞きたいことがあった。

「先生はどうして父さんに電話してまで、天体観測の許可をとってくれたんですか？」

「それは天文部のみんなが頑張っていたからだね。天体観測をするために中間試験を頑張っていたのは私も知っていたから。頑張った分は私も手助けしてあげたいと思ったんだよ。それに本堂君は大事な私の生徒の一人だからね」

「……本当にありがとうございます」

「お礼を言われることじゃないよ。せっかく妹さんと一緒に参加できたんだから天体観測楽しんで」

「はい！」

「これも渡してくよ」

湯浅先生がポケットから出したものを受け取る。それはどうやら屋上の鍵のようだった。

「私はもう十分星空を堪能したから先に部室まで戻ってるよ。だから後のことはよろしく」

それだけ言うと湯浅先生は去っていった。

※　※　※

（改めて見てみると案外綺麗《きれい》なもんだな）

星を見るために夜空を眺めるのは一体いつ以来だろう。そんなことを考えていると背中に衝撃が走った。反射的に振り向くとそこには愛が立っていた。

「何を黄昏《たそがれ》てるんですか圭《けい》さん。もう夜ですよ！」

「星くらい静かに見させろよ」

「そうさせてあげたい気持ちは山々だけど今日の目的忘れてません？」

「それは……」

本堂と一緒に忘れられないような思い出を作る。それが今日の私の目標だった。

「このままだと星を見るだけで終わってしまいますよ」

「どうしろって言うんだよ」

「そこは私に任せて。中間試験の時の約束もあるからね。今から少しずつ大輝《だいき》君以外の面々に部室に戻ってもらって、それで最終的には圭と大輝君の二人きりにするよ」

「さすがに本堂もそんなことされたら途中で気づくんじゃねえか」

「大丈夫！　大輝君は星を見るのに夢中みたいだから」

本堂の方を見ると、確かに本堂は誰と話すわけでもなく一人でただ空を眺めていた。

「お前はいいのかよ」

「なんのことかな？」

「ごまかすな。お前だって陽介と二人きりになりたいんじゃねえのかよ」

愛と陽介は二学期で天文部を引退するから数少ないチャンスは大事にしたいはずだ。

「そりゃまあ夜の屋上で陽介とロマンティックな感じになるのもやぶさかでないけどさ、それと同じくらい圭の恋路を応援したいわけですよ。私は圭が二年生になってから頑張ってきた姿を色々見てきたからね」

「……後悔しても知らねえぞ」

「後悔なんて絶対しませんとも。それに私は陽介にこれからもバンバンアタックしていくつもりなので」

「……ありがとな」

「え？　もう一回言って。ありがなんだって？」

「そこまで言ったら絶対聞こえてるだろ！」

「冗談ですよ冗談。まあ一度言ったからには依頼は完遂するから、圭は大輝君と二人きりになった時のことでも考えてなよ」

そう言うと愛は私のもとから離れていった。

「……アイツと二人だけで何しゃべればいいんだよ」

私は誰に言うでもなくそう呟《つぶや》いた。

※　※　※

「おい、本堂」

「あれ？」

周りを確認するといつの間にか人影が減っていることに気づいた。というか僕以外にはもう清水さんしかいない。僕が星を眺めている間にみんなどこかに行ってしまったらしい。

「清水さん、他の人たちがどこに行ったのか分かる？」

「先に部室に戻るって言ってたぞ」

「そうだったんだ。全然気づかなかった」

「お前、屋上の鍵持ってるか？」

「うん、湯浅先生から預かったよ」

鍵をポケットから取り出し清水さんに見せる。

「だったらいい」

そう言うと清水さんは夜空に視線を移した。と思ったら再び僕の方に首を向けてきた。

「視線が気になるんだが」

「ご、ごめん」

清水さんは夜空を見ていたが、僕はそんな清水さんの横顔を見ていたらしい。

「謝らなくてもいい。何か言いたいことでもあったのか？」

無意識に見ていたので言いたいことなんて……あった。まだ言い足りないことがあった。

「さっきは輝乃を見つけてくれて、一緒にいてくれてありがとう」

「……借りを返しただけだ。気にするな」

「清水さんは優しいね」

「なんでそうなる」

清水さんの視線が夜空からこちらに移った。

「だって僕に気を遣わせないようにしてくれたんでしょ？」

「そ、それはお前が勝手にそう解釈しただけだ」

「そうなのかな。それでも清水さんの優しさにはいつも助けられてる気がするな」

「……勝手に言ってろ」

清水さんが夜空に視線を移したので僕も再び空を眺めることにした。

「それにしても天文部に入ってから今日まで色々あったよね」

「そうか？」

「うん。みんなでアニメの感想を言いあったり、中間試験の勉強を頑張ったり。清水さんが髪型毎日変えてきてたのも天文部に入ってからだったよね？」

「それは忘れろ」

なぜか清水さんにとっては触れてほしくない話題のようだ。

「高校に入った時は部活に入るつもりはなかったんだけど、今は天文部に入って良かったと思ってるよ」

「それは良かったな」

「ありがとね」

「なんで私に礼を言うんだよ。誘ったのは愛だし天文部に入るって決めたのはお前だろ？」

「それはそうだけど、天文部で過ごしてて楽しかったのは清水さんのおかげだからさ」

「は？」

「僕だけが天文部に入部してたとしたら、みんなにどこか遠慮しちゃってたと思う。天文部にいる時に自然体でいられたのはいつも清水さんがいてくれたからだよ」

「なっ、お前そんなことを恥ずかしげもなく……」

恥ずかしげもなくなんて言われても恥ずかしいことを言ったつもりはないのだけど。

「清水さんはどうだった？　天文部に入ってから楽しかった？」

「それは……」

「それは？」

「ま、まあ少しは楽しかったかもな。いつも騒がしかったけど」

「なら良かったよ」

僕だけが楽しかったわけでなくて安心した。なんとなくだけど清水さんと楽しい時間を共有できて嬉《うれ》しい。この気持ちは一体なんなのだろう。いつか分かる日が来るのだろうか。

「天文部のみんなと一緒にいる時間も楽しいけど、清水さんと二人だけのこの時間も結構好きかも」

あれ、思っていたことがそのまま口から出てしまった。二人だけの空間に静寂が流れる。今日は風もないので音がなくなってしまったのかと思った。

「清水さん？　さすがに無視されるとちょっと悲しい……」

「私も……」

言葉の続きが気になって思わず清水さんに視線を移す。

「私もお前と一緒にいる時間嫌いじゃねえ」

顔は暗くてよくは見えないけどまっすぐにこちらを見つめていることだけは分かった。

心臓の鼓動がさっきより早くなった気がする。今が夜で良かった。そうでなければ僕の顔が真っ赤に染まっているのが清水さんにバレてしまっただろうから。

「清水さん……」

「か、勘違いするなよ。嫌いじゃないだけだからな！　深い意味なんてないからな！」

「わ、分かった」

何が分かったというのだろう。むしろ何も分からなくなった気がする。

僕たちはそれから愛さんが呼びに来るまでお互いに一言も発することなく、人一人分の距離を空け夜空を眺めていた。

番外編

矢野トシノリ先生描きおろし漫画

★部室でババ抜き

お…お前が真剣な顔で
見てくるから
取れねぇんだよ！
あっ
が
ご…
ごめん
またまたー
圭は照れ屋さん
なんだからー
ぐぬ
ぬ…

う…うるせぇ！
さっさと取ればいいんだろ！
JOKER
あ。

ぐぅ
う
よしっ あがりっ
ん↗苛
僕も あがりですっ
まけた…
やったー 圭のおごりでパフェだ〜♪
清水さん…
ぷる ぷる
愛へのおごりパフェは
大輝が半分出してあげました
Sweets

ばん
天文
同好会
なんで部室で
どら焼きづくりなんだよ
ばん
ばん

どら焼きは
みんなの心をひとつにする！
どどんっ
…お前が食べたいだけだろ
そうともいう！
どら焼き完成したら隣の人と交換ねー
ポ
なっ!?

な…なんで交換なんだよ!?
お互いに作ったのを交換したほうが楽しいじゃん♪
もく
もく
圭作
大輝作
じゃあ僕のは清水さんと交換ですね
!

ほ…ほんとに
いいのかよ
清水さんの
手作りを
食べられるなんて
とても嬉しいよ
お…
お前…
恥ずかしいこと
言うんじゃねぇよ…
ぱくっ
うまっ

あとがき

この度は「ヤンキー清水《しみず》さん」二巻を手に取っていただきありがとうございます。作者の底花《ていか》です。好きな季節は秋です（春は花粉症、夏は虫刺され、冬は冷え性に悩まされるため）。皆様にこうしてまたお会いできて嬉《うれ》しいです。

皆様を笑顔にする爆笑必至の激おもろ話があったならここで披露したかったのですが、悲しいことに私には持ち合わせがないのでここでは感謝を述べさせていただきます。一巻から引き続き「ヤンキー清水さん」を読んでくださった読者の皆々様、二巻を書くことができたのは皆様が本作を読んでくださったおかげです。ありがとうございました。

最後にスケジュール管理をはじめとした多くの作業を担当してくださった担当編集者様、登場人物の魅力的なイラストを描いてくださったハム様、記憶に残る宣伝漫画及び巻末漫画を描いてくださった矢野《やの》トシノリ様、そして改めてここまで本作を読んでくださった読者の皆様、繰り返しになりますが本当にありがとうございました！　それでは、ご縁がありましたらまたお会いしましょう。

隣《となり》の席《せき》のヤンキー清水《しみず》さんが髪《かみ》を黒《くろ》く染《そ》めてきた2

著　底花《ていか》

角川スニーカー文庫　23837
2023年10月1日　初版発行

発行者　山下直久
発　行　株式会社KADOKAWA
〒102-8177 東京都千代田区富士見2-13-3
電話　0570-002-301（ナビダイヤル）

印刷所　株式会社暁印刷
製本所　本間製本株式会社

◇◇◇

●お問い合わせ
https://www.kadokawa.co.jp/（「お問い合わせ」へお進みください）
※内容によっては、お答えできない場合があります。
※サポートは日本国内のみとさせていただきます。
※Japanese text only

Printed in Japan　ISBN 978-4-04-114182-3　C0193

★ご意見、ご感想をお送りください★
〒102-8177 東京都千代田区富士見2-13-3
株式会社KADOKAWA　角川スニーカー文庫編集部気付
「底花」先生「ハム」先生

静かに過ごしたいのに、
なぜか《S級美女》と
学園ハーレム
ラブコメに!?
なぜか
S級美女達の
話題に俺が
あがる件
脇岡こなつ
ill. magako
《S級美女》と呼ばれる女子高生・姫川沙羅、小日向凛、高森結奈。彼女たちが噂しているイケメンは学校一地味な俺!? 静かな高校生活を送るため、彼女たちに嫌われようと動くのだが全てが裏目に出てしまい……。

スニーカー文庫